Adrian Plass
Ein Außerirdischer im Kirchenschiff

Widmung

Dieses Buch ist Geof Pryor gewidmet, der starb, während es geschrieben wurde. Er brachte viel Licht und Hoffnung in mein Leben, und ich werde ihn sehr vermissen. David Persimmons Bericht über das, was Vincent Jenkins im Krankenhaus widerfuhr, ist eigentlich die Schilderung einer Erfahrung, die Geofs Leben einige Monate vor seinem Tod veränderte. Ich weiß, daß er sie an andere weitergeben wollte. Es ist ein Vorrecht für mich, ihm dabei helfen zu können.

Adrian Plass

Ein Außerirdischer im Kirchenschiff

Aus dem Englischen von
Christian Rendel

Brendow
Buch
Kunst
Verlag

CIP-Titelaufnahme der Deutschen Bibliothek

Plass, Adrian:
Ein Ausserirdischer im Kirchenschiff / Adrian Plass. Aus dem
Engl. von Christian Rendel. – Moers: Brendow, 1993
(Edition C: C; 379)
ISBN 3-87067-511-X
NE: Edition C / C

ISBN 3-87067-511-X
Edition C, Reihe C 379

Original: An Alien in St. Wilfred's. First published 1992 by Found Paperbacks,
London

Einbandgestaltung:
Kommunikationsdesign Wolfram S. C. Heidenreich, Haltern am See
Grafik: Thomas Georg.
Printed in Germany

Inhalt

Erster Teil

Ein Außerirdischer betritt die Bühne

1

Mein Name ist David Persimmon. Ich bin groß, nicht besonders heilig und Geistlicher in der anglikanischen Kirche. Vor fast vier Jahren wurde ich Pfarrer in der Gemeinde St. Wilfred's in Fernley Cross und verfiel dort sogleich in einen Zustand tiefer Unzufriedenheit.

Dafür gab es mehrere Gründe, von denen einer der wichtigsten mein Temperament war. Ich neige dazu, zwischen Hitzköpfigkeit und teilnahmsloser Nachgiebigkeit hin und her zu schwanken, gelegentlich unterbrochen von abwehrender Spaßhaftigkeit. Meine Mutter, die gute Seele, meinte, ich sei von leidenschaftlichem Wesen. Mein Vater, der alte Despot, sagte, ich sei manisch veranlagt. Ich weiß nicht, wer von ihnen recht hatte, aber ich weiß, daß es mir sehr leicht fällt, die Leute gegen mich aufzubringen, besonders, wenn ich mich angegriffen und unfähig fühle, was mich zu der zweiten Ursache für mein anfängliches Elend in St. Wilfred's führt.

Dem Organisten.

Wer noch nie eine Pfarrstelle innehatte, wird kaum glauben können, daß eine einzige Person einem den gesamten Dienst (falls ich meine ungeschickten Versuche, den Menschen dieser Gemeinde vorzustehen, mit einem solchen Wort beschreiben darf) vermiesen kann, aber ich versichere Ihnen, daß so etwas passiert. Mir ist es passiert. Nigel Forsyth ist mir passiert. Er war schon seit ungefähr dreihundertfünfundneunzig Jahren in der Gemeinde, bevor ich kam, und er hatte die meisten Bereiche des Gemeindelebens fest im Griff. Auch mich bekam er in besagten Griff, ohne Zeit zu verlieren. Natürlich machte ich am Anfang alles falsch. Als ich ihm auf einer Willkommensparty, die der Küster organisiert hatte, zum ersten Mal begegnete, beschloß ich, mein „äußerlich witziges und geistreiches, aber unverkennbar tiefgründiges" Image aufzusetzen, um diesen kleinen, dünnen Mann mit strengen Augen zu beeindrucken, der wie auf einem unsichtbaren Transparent die Worte FANATISCH GEMÄSSIGT vor sich hertrug.

„Ich weiß nicht, wie Ihr letzter Pfarrer war", sagte ich, „aber ich glaube, ich wirke nicht gerade besonders religiös."

Er zog humorlos eine Augenbraue hoch. „Tatsächlich?"

„Nun ja", plapperte ich töricht weiter, „zum Beispiel lese ich die *Private Eye* und die *Renewal*. Je nachdem, mit wem ich zusammen bin, verstecke ich die *Renewal* in der *Private Eye* oder umgekehrt. Wenn ich den *Daily Mirror* habe, verstecke ich ihn immer."

Gelächter auf Stichwort. Es war eine meiner besten Stegreifzeilen.

„Ich selbst lese den *Daily Mirror*", sagte Forsyth ohne auch nur den Anflug eines Lächelns, „und ich will doch hoffen, daß Sie nicht vorhaben, den Leuten in St. Wilfred's die *Private Eye* zu empfehlen. Wir fänden das äußerst unpassend. Übrigens, darf ich fragen, ob Sie musikalisch interessiert sind, Pfarrer Persimmon?"

Innerlich niedergeschmettert über diese, wie ich heute glaube, absichtliche Zerschlagung meines schwachen kleinen Scherzes antwortete ich mit einem erschreckenden Mangel an Weisheit. Ja, ich verpackte in meiner beiläufigen Antwort soviel schiere Böswilligkeit, wie ich nur konnte.

„Nein, aber ich war eigentlich noch nie der Ansicht, daß Musik im Gemeindeleben einen allzu hohen Rang einnehmen sollte, meinen Sie nicht auch?"

Sodann rundete ich diese Präsentation meiner selbst als eines kompletten Idioten ab, in dem ich mich durch ein plötzliches Aufwallen von Schuldgefühlen und Reue zu den folgenden denkwürdigen Worten hinreißen ließ:

„Sollte nur ein Scherz sein . . ."

Königin Victoria und Nigel Forsyth wären sehr gut miteinander ausgekommen. Sein Ausdruck eisiger Mißbilligung verstärkte sich, und ich erinnerte mich plötzlich, wie ich als Kind einmal mit angehört hatte, wie die Mutter eines meiner Freunde ihrem Sohn in der Küche zuflüsterte: „Er ist sehr *groß*, Liebling. Bist du sicher, daß er nicht älter ist als du?“

„Nun, Pfarrer Persimmon“, sagte Forsyth. „Ich kann nur hoffen, daß das nur ein Scherz sein sollte. Wir hier in St. Wilfred's sind sehr stolz auf unsere musikalische Tradition, und nur wenige unserer Gemeindeglieder würden eine Verwässerung dieser Tradition begrüßen. Es hat unermeßliche Arbeit erfordert, mit unserem Chor ein musikalisches Niveau zu erreichen und zu halten, das professionellen Ansprüchen voll gerecht wird. Das ‚Gemeindeleben‘, wie Sie es soeben in Ihrem Scherz bezeichneten, hat sich seit einigen Jahren weitgehend aus der musikalischen Arbeit genährt, und ich muß sagen, daß es mir äußerst unwahrscheinlich – und kaum wünschenswert – erscheint, daß eine Änderung dieser Richtung ...“

Und so ging es weiter, und seine Stimme summte klangvoll vor sich hin wie eine selbstzufriedene Biene, die sich weigert, aus anderen als den klassischen Blüten Nektar zu entnehmen. Er kam auf die Stabilität der Gemeinde, die Rolle der Gemeinde, das Gefüge der Gemeinde und die Atmosphäre der Gemeinde zu sprechen. Er wußte alles, was es über jeden Aspekt all dieser Dinge zu wissen gab.

Außer darüber zu phantasieren, wie es wäre, ihn mit „The Sex Pistols' Greatest Hits“ auf voller Lautstärke in einen engen Raum einzusperren, konnte ich nicht allzuviel dagegen tun. Mein Selbstvertrauen war in dem Moment, in dem ich mich so erbärmlich von meinem „Scherz“ distanziert hatte, wie ein dürrer Zweig zerbrochen. Nun blieb mir nichts anderes übrig, als zu all dem dummen Zeug, das er redete, zustimmend zu nicken.

„Ja, natürlich ... ganz richtig, ja ... kein Zweifel ... ich verstehe vollkommen ... so habe ich es noch nie betrachtet ...“

Mit Schaudern wurde mir klar, daß schon bei dieser unserer ersten Begegnung das Wesen unserer Beziehung in Stein gemeißelt worden war. Er würde Dinge sagen, ich würde ihm zustimmen; dann würde ich Dinge tun, die unserer „Abmachung" direkt widersprachen, und er würde vor Wut schäumen. Ich hatte recht. Genau so kam es. Und infolgedessen teilte ich jede Menge Fußtritte nach allen Seiten aus – normalerweise an Unschuldige. Da ich alleinstehend bin, war es mir nicht vergönnt, etwas von meinem Elend und meiner Frustration in den Schoß eines geliebten Menschen zu legen (was diesem hypothetischen geliebten Menschen wohl nur recht sein konnte); und so begann ich, mir in der Gemeinde den Ruf eines schwachen Mannes mit jähzornigem Temperament zu erwerben. Das Phantom Forsyth warf seinen Schatten auf alle Dinge.

„Wenn ich sage, Sie sollen sich zur Lesung auf die Stufen stellen, dann *meine* ich, Sie sollen sich zur Lesung auf die Stufen stellen! Wenn ich gemeint hätte, Sie sollen die Lesung am Lesepult machen, dann hätte ich *gesagt*, lesen Sie am Lesepult, oder etwa nicht? Das hat absolut gar nichts damit zu tun, was irgend jemand sonst möchte, es sei denn, während meines freien Tages wäre ein neuer Pfarrer eingesetzt worden!"

Mit diesen Worten nahm ich brutal Margaret Vinny in die Mangel, die auf meine Bitte, das Evangelium zur Abwechslung einmal von den Altarstufen aus zu lesen, mit offensichtlichem Unbehagen geantwortet hatte: „Haben Sie das mit Nigel abgesprochen?"

Als der Sonntag kam, stellte sich die arme Margaret nervös, aber gehorsam auf die oberste Stufe, um das Evangelium zu lesen. Während des Kaffeetrinkens nach dem Gottesdienst trat dann mit knirschenden Zähnen und grimmigem Gesicht Forsyth an mich heran.

„Ich habe gerade Margaret gefragt, warum sie das Evangelium vom falschen Ort aus gelesen hat", fing er an, „und sie sagt mir, daß Sie ihr diese Anweisung gegeben hätten. Ist das wahr?"

Stotternd bekannte ich mich zu meinem niederträchtigen Verbrechen, ohne den Mut zu haben, mich zu verteidigen. Fünf Minuten später fragte mich ein argloses Gemeindeglied, das für den Kaffee verantwortlich war, mit gespieltem Ernst, warum ich nicht meine zehn Pence auf den Teller gelegt hätte wie alle anderen auch, und mußte dafür einen völlig unangebrachten Wutausbruch meinerseits über sich ergehen lassen. Es war grauenhaft!

Meine ersten drei Jahre in St. Wilfred's waren eine Tortur. Ich fühlte mich weit weg von Gott und gewöhnte mir das Beten ab, was damals wie heute katastrophale Auswirkungen auf mich hat. Meine Predigten waren ein allwöchentlicher Alptraum. Jeden Sonntag, wenn ich mich auf die Kanzel stellte, fühlte ich mich, als ob ich in einem Auto ohne Benzin säße und „Brrmmm-Brrmm"-Geräusche machte. An meinen freien Tagen schüttelte ich den Staub von den Sohlen meiner Sechsundvierziger und verbrachte soviel Zeit wie möglich an jenem wunderbaren Ort namens „Anderswo". Natürlich gab es auch lichtere Tage, aber aufs Ganze gesehen war es eine der trübsten Zeiten meines Lebens, und ich brachte das alles in Zusammenhang mit Nigel Forsyth – gab ihm die Schuld daran, um ehrlich zu sein. Und an dieser Einstellung änderte sich nichts, bis – nun, lesen Sie weiter . . .

2

Am Donnerstag, dem ersten November letzten Jahres, überquerte ich um acht Uhr abends den Friedhof und ging in die Kirche, um für eine Stunde mit meinem Elend allein zu sein. Als ich die Innenbeleuchtung einschaltete, sah ich ihn. Er saß auf der obersten Altarstufe, genau da, wo Margaret Vinny ihre Sünde der falsch placierten Lesung begangen hatte.

Einen Moment lang stand ich bewegungslos da, die Hand noch auf dem Lichtschalter, und sagte nur zwei Worte.

„Ein Außerirdischer . . ."

Zweifellos *war* er ein Außerirdischer, in dem Sinne, daß er kein menschliches Wesen war. Allerdings hatte er weder neun Beine noch eine Fernsehantenne auf dem Kopf. Seine Gestalt war die eines normalen Menschen, aber er war kleiner als ein Erwachsener. Er war nackt, doch er brauchte auch keine Kleidung. Sein ganzer Körper war gleichmäßig schneeweiß; soweit ich sehen konnte, ohne den geringsten Makel. Während ich langsam und nervös durch den Mittelgang auf ihn zuging, stand er auf, so daß ich ihn viel besser sehen konnte. Er hatte zuviel Ähnlichkeit mit einem Teddybär, um als Kind beschrieben zu werden, und doch war er auch einem jungen Menschen zu ähnlich, als daß man ihn mit einem Kuscheltier hätte vergleichen können. Das Auffälligste an ihm war ein warmes, glühendes Licht, das aus dem *Inneren* seines Körpers hervorzuströmen schien. Es mußte begonnen haben, nachdem ich das Licht eingeschaltet hatte, denn ich war sicher, daß er nicht im Dunkeln geleuchtet hatte, als ich die Kirche betrat.

Ich glaube, ich war wohl ohnehin innerlich zu gebeutelt, um über diese außergewöhnliche Begegnung sonderlich entsetzt zu sein, doch dazu kam, daß ich, als ich meinem fremdartigen Besucher schließlich von Angesicht zu Angesicht gegenüberstand, in seinen großen, leuchtenden Augen sah, daß er ein ausgesprochen nervöser kleiner Außerirdischer war. Lange Zeit schauten wir uns nur an, ohne ein Wort zu sagen. Dann begann er in perfektem Englisch zu sprechen, in leisem, niedergeschlagenem Ton, aber mit wunderbar klarer Stimme.

„Bitte sag mir ein paar beruhigende Worte."

„Hallo, mein Name ist David."

Diese geistreiche Begrüßung zog ein weiteres langes Schweigen nach sich. Dann streckte mein blasser Freund seine Arme aus, als wollte er mich umarmen, und sagte: „Ich habe keinen Namen in deiner Sprache, aber das soll nicht zu unseligen Spaltungen zwischen uns führen. Diesen ganzen Tag über habe ich aus vielen Büchern deine Sprache gelernt." Er deutete über meine Schulter hinweg auf den Büchereibereich am hinteren Ende der Kirche. „Ich habe dein Gebetbuch in mein Inneres aufgenommen und deine heiligen Schriften und deine *Kleinode göttlicher Verheißungen* und deine *Pilgerreise* und auch deine *Psychologie des christlichen Glaubens* und noch andere Bücher. Wenn du erlaubst, möchte ich mir gern einen Namen aus deinem Gebetbuch ausleihen."

Ich nickte ziemlich verwirrt. „Bedien dich ..."
„Darf ich mich Nunc nennen?"
„Nunc wie in ‚Nunc Dimittis'?"*
„Ja, bitte, David."
„Es ist mir ein Vergnügen – Nunc. Äh ... wo kommst du her?"
„Das vermag ich nicht zu sagen."
„Wie bist du in die Kirche hereingekommen, wo sie doch verschlossen war?"
„Es war der *rechte* Ort."
„Der rechte Ort?"
„Ja."
„Wie bist du hierhergekommen von ... von da, wo du herkommst?"
„Das vermag ich nicht zu sagen."
„Aber du hast doch so etwas wie eine ... na ja, eine Heimat, oder nicht?"

Plötzlich blinkten Tränen in seinen leuchtenden Augen.

„Du bist sehr unglücklich, Nunc", sagte ich, ehrlich betroffen über die Trauer in seinem Gesicht.

„Du auch, David", antwortete er, und es kam so unerwartet, daß ich unwillkürlich einen stolpernden Schritt nach vorn tat und das kleine Wesen, das mir gegenüberstand, umarmte. Dieser körperliche Kontakt war eines der wärmsten, realsten Dinge, die ich seit langer Zeit erlebt hatte. Als ich wenig später neben meinem seltsamen neuen Freund auf den Altarstufen saß, verspürte ich einen ungewöhnlichen Frieden – wenn ich auch ziemlich verwirrt und ratlos war.

„Nunc", sagte ich, „wenn du mir nicht sagen kannst, wie du hierhergekommen bist oder woher du kommst, dann sag mir zumindest, *warum* du hier bist. Du sagtest, dies sei der *rechte* Ort – was meinst du damit?"

Voll Ernst antwortete Nunc: „Ich kann nicht in Frieden scheiden, bis ich mit vieren oder fünfen gewartet habe. Ich kann dieses Gebäude nicht verlassen. Niemand darf mich sehen oder hören

* *Nunc dimittis servum tuum, Domine, secundum verbum tuum in pace* ist ein Zitat aus Lukas 2,29, das im anglikanischen Gebetbuch verwendet wird.

außer denen, die mit mir warten. Ich weiß nicht, wann ich gehen werde . . ."

Später an diesem Abend studierte ich zu Hause im Badezimmerspiegel mein Gesicht. Nicht häßlicher als sonst, aber es sah relativ vernünftig aus. Ich hatte mich gerade mehr als eine Stunde lang mit einem Außerirdischen unterhalten – oder hatte mich der Streß endlich überwältigt? Morgen früh würde ich es herausfinden. Nunc hatte mich gebeten, drei Leute auszusuchen, die zu der Gruppe gehören sollten, „mit denen er warten würde", was immer das bedeuten mochte, so daß wir uns regelmäßig in der Kirche treffen könnten. Als ich ihn fragte, an was für Leute er denn dabei gedacht hatte, lächelte er nur und sagte: „Freunde, Außerirdische, wen immer du willst, David."

Morgen würde ich meinen ersten „Kandidaten" in die Kirche bringen und testen, ob ich noch normal war.

3

Hartley Sutton wohnte in einem kleinen Behindertenheim unweit des Pfarrhauses und war der gutmütigste Mann, den ich je getroffen hatte. Ich verstehe nicht viel von solchen Dingen, aber nach der Meinung von Mrs. Bletchley, der Heimleiterin, wäre er völlig unfähig gewesen, allein zu leben. Das hatte mich lange Zeit verwirrt, denn Hartley zeigte gelegentlich eine beeindruckende Redegewandtheit und verfügte über ein wahrhaft erstaunliches Gedächtnis. Offenbar hatte das jedoch nichts zu bedeuten. In seinem Fall bestand eine breite Kluft zwischen Worten und Taten, die ihn, abgesehen von den einfachsten Arbeiten, unfähig machte, irgend etwas zustande zu bringen. Während des Tages vollbrachte er oben in der städtischen Behindertenwerkstatt die langweiligsten Arbeiten, aber das schien ihn nicht im geringsten zu stören. Abends kam er oft in die Kirche, um für mich zu putzen und Staub zu wischen. Hartley liebte es, zwischen den Kirchenbänken und Büchern herumzustöbern, und er war sehr gewissenhaft. Ich glaube, er wäre erstaunt, wenn er wüßte, wieviel mir seine schlichte, natürliche Freundlichkeit und Demut während dieser trostlosen drei Jahre bedeutete. Ich brauchte ihn viel mehr als er mich.

Am Freitagabend um sieben Uhr brachte ich Hartley in die Kirche. Ich hatte beschlossen, nicht wieder dorthin zu gehen, bis ich jemanden bei mir hätte. Als wir in den Vorraum traten, sagte ich: „Hartley, alter Junge, in unserer Kirche ist ein Außerirdischer namens Nunc. Entweder das – oder ich bin komplett übergeschnappt. Wenn Sie ihn auch sehen, dann weiß ich, daß er wirklich existiert, oder zumindest, daß wir *beide* komplett übergeschnappt sind. Gar nicht mal unwahrscheinlich."

Diesmal war es nicht nötig, das Licht einzuschalten. Nunc stand, die Hände auf den Altar gelegt, am anderen Ende der Kirche und leuchtete wie ein Schneemann im Mondlicht. Wir gingen leise durch den Mittelgang und setzten uns auf die vorderste Bank, um auf ihn zu warten.

„Sie *können* ihn doch sehen, Hartley, oder?"

„Ja, Pfarrer Persimmon", zischte Hartley, „ich glaube nicht, daß wir beide komplett übergeschnappt sind. Ich glaube, daß er wirklich existiert. Ich freue mich darauf, ihn kennenzulernen."

Als das sanfte weiße Licht verblaßte, huschte Hartley durch den Gang zurück, um die Hauptbeleuchtung anzuschalten, und als er zurückkehrte, stand Nunc bereits am Fuß der Stufen und wartete auf ihn. Nie hat man zwei Leute sich so anstrahlen sehen wie diese beiden, als sie sich zum ersten Mal begegneten. Es hätten zwei Brüder sein können, die sich nach langer Trennung wiedersahen, so schienen sie sich zu freuen, einander zu begegnen.

„Ich heiße Hartley", sagte Hartley schließlich, immer noch strahlend. „Ich bin sehr erfreut und geehrt, deine Bekanntschaft zu machen. Du bist der allererste Außerirdische, den ich kennenlerne. Wirst du hier in St. Wilfred's wohnen?"

„Sei gegrüßt, Hartley", antwortete Nunc, „ich werde in der Tat eine Weile hier warten. Wollen wir Freunde sein?"

„Ich komme an manchen Abenden hierher“, erklärte Hartley, „um für Pfarrer Persimmon zu putzen und aufzuräumen.“ Er wurde ein wenig rot. „Da mir der Pfarrer einen eigenen Schlüssel gegeben hat, kann ich herkommen, wann immer ich will, solange Mrs. Bletchley weiß, wo ich bin. Es wäre schön, einen neuen Freund zu haben. Ich habe dich jetzt schon gern, Nunc.“

Dies war der Beginn eines ganz besonderen Erlebnisses für Hartley. Während der kurzen Zeit, die unser Besucher bei uns verbrachte, waren die beiden viele Stunden zusammen. Nunc behandelte Hartley mit einem Respekt, der nicht im entferntesten herablassend war, und was Hartleys Gefühle für Nunc anbelangte, nun, er vergötterte ihn geradezu – wie Sie entdecken werden.

4

Die Auswahl meiner anderen beiden Kandidaten für die heimliche Begegnung der Nunc-Art war sehr leicht; Richard Craven und Dot Jenkins kamen mir sofort in den Sinn.

Dick Craven war der einzige Mensch in der Gemeinde, in dessen Gegenwart ich mich je hatte entspannen können. Zum ersten Mal fiel er mir auf, als er auf die schwachsinnigen Fragen, die ich in einem Familiengottesdienst an die Kinder richtete, alberne Antworten in den Raum blökte. Hinterher stellte ich ihn am Kirchenausgang zur Rede und fand heraus, daß wir verschiedene Dinge gemeinsam hatten. Wir waren ungefähr gleich alt, beide alleinstehend und hatten denselben ziemlich anarchistischen Sinn für Humor, und später entdeckte ich, daß wir beide gerne in Restaurants, in denen niemand wußte, wer wir waren, lange und ausgedehnt aßen und guten Wein dazu tranken.

Meine Kontakte zu Richard waren immer stimulierend und angenehm. Er war ein Science-fiction-Schriftsteller (nicht gerade eine meiner bevorzugten Literaturgattungen) und hatte den Kopf voller Ideen und Wortspiele. Sein deprimierter Skeptizismus und mein manisches Unglücklichsein schlugen Funken, wenn sie sich berührten. Die meisten dieser ausgiebigen Abendessen führten zu Gelächter und Faszination, wenn wir irgendeinen Witz oder eine Idee oder eine hypothetische Situation bis an ihre Grenzen ausreizten. Wahrscheinlich machte ich mir vor, daß wir einander wirklich kannten, doch erst, als Nunc kam, wurde mir klar, wie sehr Dick und ich uns stets bemüht hatten, uns gegenseitig nicht an unseren empfindlichen, verletzten Stellen zu berühren. Wir waren wie zwei Feiglinge mit Zahnschmerzen, die sich gegenseitig davon ablenkten, den Zahnarzt aufzusuchen.

Später an demselben Freitagabend, an dem sich Hartley und Nunc zum ersten Mal begegnet waren, rief ich Dick an.

„Dick“, sagte ich, „in St. Wilfred's sitzt ein Außerirdischer. Er ist ganz weiß, nennt sich Nunc, kann seinen Körper leuchten lassen und will, daß ich ein paar Leute zusammentrommle, die sich jede Woche in der Kirche treffen sollen. Hast du Lust, herüberzukommen und ihn kennenzulernen?“

„Ich würde liebend gerne kommen“, antwortete Dick, „aber ich muß bei meiner Tante in Maidenhead einen afrikanischen Elefanten abliefern. Ihr geht es immer sehr schlecht, wenn sie nicht mindestens dreimal in der Woche zu essen bekommt, und ich möchte sie nicht vor den Kopf stoßen, weil ich hoffe, daß sie mir ihre Sammlung von C. S. Lewis' Zetteln an den Milchmann hinterläßt. Also, wenn es dir nichts ausmacht . . .“

„Dick, komm in die Kirche. Ich möchte dir etwas zeigen.“

„Einen Außerirdischen, der seinen Körper leuchten läßt?“

„Nein“, log ich, „nur etwas, das du sehen solltest. Kommst du?“

Zehn Minuten später saßen Dick, Nunc und ich rund um einen der kleinen quadratischen Tische im Gemeindesaal, und ich erlebte die Befriedigung, Mr. Cool Craven zum ersten Mal völlig sprachlos zu sehen. Es hielt jedoch nicht lange an. Wie Dick später schrieb, hatte Nunc etwas Alltägliches – etwas Richtiges – an sich. Man versuchte, über die Gegenwart einer solchen Erscheinung weiterhin verblüfft und platt zu sein, aber man brachte es nicht fertig. Nunc war Nunc, warmherzig und einnehmend, weise, aber verletzlich, rätselhaft und doch so vertraut und selbstverständlich wie ein gewöhnlicher Mensch. Dick war am Anfang etwas mißtrauischer, als Hartley es gewesen war, aber als Nuncs Gegenwart unser Leben zu beeinflussen und zu verändern begann, schloß er ihn ebenso ins Herz wie wir anderen.

5

Meine letzte Kandidatin, Dorothy Jenkins oder „Dot", wie ihre Freunde sie nannten, lernte Nunc erst am Sonntagabend nach seiner Ankunft kennen.

Dot war über achtzig Jahre alt und eine hingebungsvolle und regelmäßige Gottesdienstbesucherin in St. Wilfred's, obwohl sie mich umbringen würde, wenn ich nicht deutlich sagte, daß sie immer in erster Linie Christin und dann erst Anglikanerin war. Sie gehörte zu jenen glücklichen alten Leuten, die jede Menge Freude in das Leben anderer Menschen bringen. Ich lernte sie kennen, als ihr Mann Vincent an Krebs erkrankte, kurz nach meiner Ankunft in der Gemeinde. Vince und ich verstanden uns aus irgendeinem Grund sehr gut, und in den Wochen vor seinem Tod verbrachte ich eine Menge Zeit mit ihm. Ich nehme an, danach hatte sie für mich etwas übrig, und das Wissen, daß es wenigstens eine Person gab, die mich zu schätzen wußte, war für mich wie ein Paar Schwimmflügel. Es hielt mich gerade so über Wasser.

Das brachte es auch mit sich, daß Dot die einzige Person war, von der ich Kritik annehmen konnte. So alt und arthritisch sie auch sein mochte, wenn sie etwas zu sagen hatte, sagte sie es ohne Zögern. Sie war nicht beeindruckt von meinen Predigten, meinen Gottesdiensten und meinem gelegentlichen Mangel an Mut, und es machte ihr nichts aus, mir das zu sagen. Und mir machte es nichts aus, zu hören, was sie zu sagen hatte, weil ich wußte, daß sie im tiefsten Innern etwas von mir hielt und mir viel mehr zutraute.

Als sie mir nach dem Abendgottesdienst am Sonntag die Hand schüttelte, flüsterte ich ihr ins Ohr: „Können Sie noch einen Augenblick bleiben, Dot? Da ist jemand, den ich Ihnen vorstellen möchte."

Wir fanden Nunc in der Sakristei, wo er mit Hartley zusammensaß und Domino spielen lernte.

„Dot", sagte ich, während ich sie durch die Tür schob, „ich möchte Ihnen Nunc vorstellen. Nunc, das ist Dot, die netteste Dame in meiner Gemeinde."

Eine gute Erziehung bleibt nicht verborgen, sagt man, und bei Dot traf das ganz gewiß zu. Sie zuckte kaum mit der Wimper, als sie der kleinen weißen Gestalt, die sich erhob, um sie zu begrüßen, ihre weißbehandschuhte Hand entgegenstreckte.

„Ich flehe dich an, dich nicht zu fürchten", sagte Nunc leise. „Ich weiß, daß ich fremdartig aussehe und ein Außerirdischer bin, aber ich brauche dringend Freunde und Freundschaft."

Dot wandte ihren Kopf, um mich einen Moment lang anzuschauen, und ihre Augäpfel schienen ein wenig zu rollen, während sie versuchte, diese einzigartige Erfahrung geistig zu verarbeiten; doch dann schaute sie wieder Nunc an, und ihre natürliche Anteilnahme und Freundlichkeit gewannen die Oberhand.

„Jeder Freund von Hartley oder David", verkündete sie wacker, „ist gewiß auch mein Freund." Sie ergriff seine Hand und schüttelte sie herzlich. „Bist du in einem . . . äh . . . Raumschiff gekommen?"

„Das weiß ich nicht", sagte Nunc ernsthaft, „aber ich glaube es nicht. Dies erwies sich als der rechte Ort, an dem ich sein mußte, und deshalb bin ich hier."

Dot nickte, als ob ihr diese Information bei weitem nicht so verwirrend vorgekommen wäre wie mir, und dann zog sie sich einen Stuhl heran und assistierte Hartley bei seinem Domino-Schnellkurs. Sie ist wirklich eine bemerkenswerte Frau.

6

Immer noch ohne die leiseste Ahnung zu haben, wie mir geschah, einigte ich mich mit den anderen, daß wir uns jeden Donnerstagabend in der Kirche treffen würden, solange Nunc bei uns wäre oder bis etwas geschah, wodurch sich die Dinge ändern würden. Da die Hauskreise während meines ersten Jahres in St. Wilfred's allmählich zum Erliegen gekommen waren, bestand nicht die Gefahr, anderen Kreisen die Leute wegzunehmen. Dot war ganz begeistert von dem Gedanken, ebenso Hartley. Lediglich Dick Craven ließ einige Zweifel laut werden. Er interessierte sich weder für organisierte Langeweile noch für sentimentalen Mief, wie er seine Vorbehalte elegant auszudrücken beliebte. Ich sagte ihm, daß ich mich für solche Dinge auch nicht sonderlich interessiere, und drohte, ihn für unsere nächsten beiden abendlichen Ausflüge bezahlen zu lassen, falls er irgendwelche Schwierigkeiten machte. Ich wußte ohnehin, daß er es nicht über sich bringen würde, zu Hause zu bleiben – er war viel zu fasziniert von Nunc, um sich dieses Erlebnis entgehen zu lassen.

Die nächsten beiden Wochen würden genügend Stoff für ein eigenes Buch abgeben. Nunc kennenzulernen verschaffte uns zahllose amüsante und interessante Stunden und nicht wenige Überraschungen. Er pflegte nicht sehr viel zu sagen, aber immer wenn er sprach, war es, als wäre etwas Wichtiges oder Bedeutendes geschehen. Mit der Zeit wurde seine Sprache etwas natürlicher, obwohl sie ihren deutlichen Gebetbuch-Beiklang bis zu dem Tag, an dem er uns verließ, nicht verlor.

Die ersten beiden Donnerstagabende waren mehr als alles andere eine Art gemütliches Beisammensein. Dick ließ sich Nunc gegenüber des langen und breiten über seine Ansichten in bezug auf alles und jedes aus; ich äußerte in aller Bescheidenheit meine Meinung zu einer Anzahl Themen, und Dot wechselte sich darin ab, uns wegen unserer Leichtfertigkeit und Albernheit auszuschimpfen und Nunc zu helfen, die obskuren Wörter und Ausdrücke zu verstehen, die im Gespräch fielen. Hartley genoß es einfach, dabei zu sein, und meldete sich von Zeit zu Zeit mit einem Kommentar zu Wort. Es war eine sehr *herzliche* Zeit.

Nunc hatte völlig recht, als er sagte, daß niemand sonst ihn würde sehen können, obwohl sich die Frage, von einer Ausnahme abgesehen, gar nicht erst stellte, da meines Wissens niemand je in eines der Treffen, die wir mit ihm hatten, hineinplatzte. Die Ausnahme waren die Sonntagsgottesdienste und die Versammlungen in der Wochenmitte, die in der Kirche stattfanden. Während ich vorn agierte, konnte ich Nunc auf einem Bücherregal am anderen Ende der Kirche sitzen sehen. Er war jedesmal da, sah aus wie der Geist eines verstorbenen Gemeindemitglieds und war offensichtlich unsichtbar für den Rest der Gemeinde. Es gefiel mir, daß er da war – glaube ich.

Die folgenden vier Donnerstagabende waren es, an denen unsere Beziehung zu Nunc die merkwürdigsten und lebensveränderndsten Ereignisse mit sich brachte, und die Geschichte dieser vier Abende ist auf den Seiten aufgezeichnet, die Sie jetzt zu lesen im Begriff sind. Hartley, Dot, Richard Craven und ich haben unser Bestes getan, uns an jede Einzelheit der Geschehnisse zu erinnern. Die anderen drei haben ihre Sache großartig gemacht, wenn auch mein eigener Beitrag darauf schließen läßt, daß ich nicht alle Hühner auf dem Balkon habe!

Seit der Zeit, in der diese Berichte geschrieben wurden, empfinde ich einen wachsenden Frieden. Ich glaube, daß Nunc sein Teil dazu getan hat, aber am meisten danke ich Gott dafür, und ich bete, daß es so bleibt . . .

Zweiter Teil

Hartleys Bericht

1

Pfarrer Persimmon hat mich gebeten, über den Abend zu schreiben, an dem er weinte. Ich erinnere mich an das Treffen an diesem Donnerstagabend wirklich sehr gut.

Bevor ich an jenem Tag zur Arbeit ging, hatte ich in der Küche eine sehr wichtige Diskussion mit Mrs. Bletchley. Sie ist fast so etwas wie eine Mutter für mich, die einzige, die ich je hatte, aber ich machte mir ein wenig Sorgen um ihre Reaktion auf eine Bitte, die ich an sie richten wollte.

„Mrs. Bletchley“, sagte ich, „darf ich Ihnen sagen, daß Ihr Frühstück, daß Sie uns heute morgen gemacht haben, ganz hervorragend war.“

„Vielen Dank, Hartley“, antwortete sie, „ich freue mich, daß es Ihnen geschmeckt hat.“

Sie wandte sich wieder ihrem Abwasch zu, aber ich räusperte mich, und sie hielt erneut inne.

„Ist noch etwas, mein Lieber?“

„Wenn ich eine Bemerkung über die Würstchen machen dürfte . . .?“

Sie trocknete ihre Hände an der Schürze ab, setzte sich auf den hohen Hocker in der Ecke neben der Waschmaschine und stellte alle Antennen auf Empfang. Das hat vor ihr noch niemand getan in den Heimen, in denen ich gewesen bin.

„Die Würstchen waren, wenn ich das sagen darf, die besten, die ich je gegessen habe, und –“

„Nun, es waren die gleichen, die wir auch letzte Woche hatten, mein Lieber, aus dem Laden in der High Street."

„Ah!" nickte ich ernsthaft. „Das erklärt die Sache."

„Welche Sache?"

„Die Würstchen von letzter Woche waren auch die besten, die ich je gegessen habe. Und die gebratenen Tomaten – oh, Mrs. Bletchley, Sie kochen wie in einem schicken Restaurant in London! Und der Kaffee war – also, er war wie Reis."

„Ich glaube, Sie meinen Ambrosia, mein Lieber."

„Ambrosia – ja, genau – und Sie, Mrs. Bletchley, haben dieses Festmahl zubereitet?"

„Na ja, ich habe das Frühstück gemacht, Hartley, ja. Äh ... möchten Sie mich um etwas bitten, mein Guter?"

Es war, als hätte sie meine Gedanken gelesen.

„Ja, Mrs. Bletchley, es handelt sich um den Tee."

„Den Tee?"

„Tee gibt es um halb sieben, nicht wahr?"

„Wie immer, ja."

Ich beschloß, tapfer zu sein.

„Mrs. Bletchley, ich fürchte, wenn ich heute abend um halb sieben den Tee einnehme, werde ich institutionalisiert werden."

Für ein paar Sekunden starrte mich Mrs. Bletchley wortlos an, und ich bemerkte, daß ihre Mundwinkel eigenartig zuckten.

„Nun, wir wollen doch nicht, daß Sie institutionalisiert werden, nicht wahr? Übrigens, was bedeutet dieses Wort eigentlich, Hartley? Sie und Ihre Bücher – ich weiß nie, was Sie sich als nächstes einfallen lassen."

„Das ist", antwortete ich, „eine Krankheit, die man sich in Heimen holt, wenn man jeden Tag um dieselbe Zeit seinen Tee nimmt."

Sie nickte.

„Aha. Und um welche Zeit müssen Sie heute abend Ihren Tee nehmen, damit Sie sich ... äh ... nicht damit anstecken?"

„Um sechs wäre es ganz und gar ungefährlich", sagte ich bestimmt. „Ich glaube kaum, daß ich institutionalisiert werde, wenn ich meinen Tee um sechs nehme."

Sie stand auf, trat näher an mich heran und ergriff mit beiden Händen meine Hand.

„Hartley“, sagte sie freundlich, „was hat man da, wo Sie zuletzt waren, gesagt, wenn Sie solche Wünsche hatten wie den Tee zu einer anderen Zeit zu bekommen?“

Immer, wenn ich an das Haus denke, wo ich zuletzt war, kriege ich Lust, einen Teller zu zerschlagen, und wenn ich mich aufrege, kann ich nicht laut sprechen.

„Er sagte“, flüsterte ich, „daß die Zeiten für die Mahlzeiten nicht geändert werden können, auch nicht für schielende Spinner mit verbalem Überschuß und Elefantengedächtnis.“

„Er?“

„Mr. Mountford. Er war der Verantwortliche im Haus Gorton.“

„Also, mir ist egal, was Mr. Mountford gesagt hat. Ich habe Sie gern, und wenn Sie gute Gründe haben, Ihre Mahlzeiten manchmal ein bißchen früher oder später einzunehmen, macht mir das überhaupt nichts aus. Sie wollen wohl heute abend ein bißchen früher zu Ihrem Treffen in die Kirche, nicht wahr?“

Woher weiß sie solche Dinge?

„Ja“, sagte ich, „ich muß mit meinem Freund Nunc sprechen.“

„Nunc?“

„Ein Bekannter von mir, ein Außerirdischer, Mrs. Bletchley.“

„Ah, verstehe. Schön, dann gibt es also den Tee um sechs. Das ist kein Problem, Hartley, überhaupt kein Problem. Gehen Sie jetzt lieber an Ihre Arbeit, und ich mache mich wohl am besten an das Festmahl für heute abend. Ach, und Hartley . . .“

Ich blieb im Türrahmen stehen und drehte mich um.

„Ja, Mrs. Bletchley, kann ich Ihnen mit irgendeiner Kleinigkeit behilflich sein?“

„Nein, mein Lieber, ich wollte nur sagen, daß es mir *gefällt*, wie Sie reden. Wie in einem Buch. Herrlich!“

Sie ist wirklich ein wunderbarer Mensch.

Mein Tag in der Werkstatt verlief ruhig, abgesehen von einem ziemlich albernen Vorfall in der Mittagspause, als jemand (einer von den Kindischen, nehme ich an) etwas Verbranntes roch und wir alle wild durcheinander rannten und nach dem Feuer suchten. Auch ich rannte herum, bis Grant Summers plötzlich schrie: „Der Geruch ist immer da, wo Hartley ist – Hartley brennt!“ – und ich merkte, daß meine Pfeife von innen meine Tasche in Brand gesteckt hatte. Ich ignorierte die Schreie der anderen, erinnerte mich meines Erste-Hilfe-Trainings, ergriff eine fast volle Milchflasche und leerte sie in meine Tasche.

Als Mrs. Moon, unsere Betreuerin, aus dem Büro herbeigeeilt kam, sang Grant Summers nach der Melodie irgendeines Kinderliedes: „Hartley brennt, Hartley brennt . . .“, und von mir troff die Milch auf den Boden herab. Als sie erfuhr, was geschehen war, machte Mrs. Moon mir den vorzüglichen Vorschlag, meine Jacke auszuziehen, und alles ging gut aus, außer, daß meine Jakkentasche nicht mehr das ist, was sie einmal war.

2

Später, nach meinem frühen Tee, überquerte ich den großen Parkplatz neben Turleys Autowerkstatt, wo immer unser Kleinbus repariert wird, und kletterte über die kleine Ziegelmauer hinter der Kirche. Es war inzwischen schon dunkel, aber ich habe keine Angst im Dunkeln. Ich habe nur Angst, wenn sich niemand um mich schert im Dunkeln – oder im Hellen oder wo auch immer.

Ich hatte bestimmt keine Angst vor Nunc, denn er sprach leise und war freundlich, und manchmal schien er gar nichts zu wissen und dann wieder alles, und er brachte mich zum Lachen. Gerade an diesem Abend wollte ich mit ihm über ein kleines Problem sprechen.

Wie üblich benutzte ich meinen eigenen Schlüssel, um durch die kleine Hintertür in die Kirche zu kommen, und sobald ich drinnen war, wußte ich, daß Nunc betete. Er ist der einzige

Freund, den ich je hatte, der wie ein Nachtlicht leuchtet, wenn er mit Gott redet. Als ich mich auf Zehenspitzen in die Kirche schlich, fragte ich mich, ob ich nicht lieber wieder gehen sollte. Er kniete vor den Altarstufen und leuchtete wie das Glühwürmchen, das die kleine Tochter meines Freundes George immer mit ins Bett nimmt, außer daß ihres Batterien braucht, während Nunc sagte, daß er ans Netz angeschlossen sei, obwohl er lächelte, als er das sagte, und ich nirgendwo irgendwelche Kabel oder Anschlüsse entdecken konnte.

Beinahe hätte ich mich wieder hinausgeschlichen, aber Nunc mußte mich gehört haben, denn er schaute sich über die Schulter um, und das Licht in ihm erlosch langsam wie im Aufenthaltsraum meines vorletzten Heimes, wenn die Leute mit dem Dimmer herumspielten, obwohl sie wußten, daß sie schwer bestraft würden, wenn Tante Marilyn sie erwischte. Ich glaube aber nicht, daß Nunc verärgert war, daß ich ihn unterbrach, denn er lächelte sein breites, glückliches Kinderlächeln und klatschte in die Hände.

„Ich beschwöre dich, bring Licht in unsere Dunkelheit, Hartley, mein Freund“, rief er. „Ich sage Dank für die reichen Segnungen, die ich durch deine Hände empfangen habe, aber deiner Füße bin ich mir nicht so sicher, besonders wenn das Licht aus ist. Warum kommst du so wunderbar früh?“

Ich schaltete die Lichter direkt über den Stufen an, auf denen Nunc jetzt saß, und ging den Mittelgang entlang auf ihn zu. Weil Nunc ziemlich klein war, setzte ich mich zwei Stufen unter ihn.

„Ich komme früher“, sagte ich, „weil ich mich mit dir allein unterhalten wollte, bevor die anderen kommen.“

„Was mich betrifft, so bin ich bereit, dir zuzuhören“, sagte Nunc, legte den Kopf etwas schief und sperrte seine Augen so weit auf, daß er plötzlich aussah wie Georgie der Geist in einem Buch, das ich einmal hatte. „Wohlan, sprich!“

„Du bist ein Außerirdischer“, fing ich an.

„Ich bin ein Außerirdischer“, stimmte er zu.

„Anders als wir“, fügte ich hinzu, für den Fall, daß er mich nicht richtig verstanden hätte.

„Wahrlich anders“, seufzte Nunc. „Ich habe mich gewissenhaft geprüft und gefunden, daß ich nur ein Herz habe.“

„Ich glaube, ich habe auch nur ein Herz, Nunc“, flüsterte ich. „Das habe ich in einem Buch gesehen.“

„Aber auf Seite einundfünfzig des Gebetbuches heißt es im zweiten Abendgebet, daß unsere beiden Herzen den Geboten Gottes gehorsam sein müssen, aber ich bin sicher, daß ich nur eines habe.“

Schweigend brüteten wir gemeinsam über diesem Rätsel.

„Na ja“, sagte ich nach einer Weile, „vielleicht bin ich am Ende auch ein Außerirdischer, was meinst du?“

„Falls ja“, antwortete er mit einem glücklichen Lächeln, „so wären wir eine gesegnete Gemeinschaft, mein Freund. Was für eine Frage hast du?“

„Ich habe mich gefragt, ob es – da, wo du herkommst – wichtig ist, ob man wichtig ist oder . . . nicht.“

„Möchtest du wichtig sein, Hartley?“

„Ich glaube ja, aber“ – für einen Augenblick blieb mir vor Anstrengung, ehrlich zu sein, die Luft weg – „vor allem möchte ich kein fünftes Rad am Wagen sein, mit dem sich die Leute in der Gemeinde wider Willen abgeben müssen.“

„Wir werden sehen“, sagte Nunc, und als er aufstand und sich mir auf der ersten Kirchenbank gegenübersetzte, leuchtete es in seinem Inneren leicht auf.

„Sag mir, wer ist die mächtigste und wichtigste Person in der anglikanischen Kirche?“

Das war leicht.

„Pfarrer Persimmon sagt, das ist der Organist, Mr. Forsyth. Er hat mich einmal sehr in Verlegenheit gebracht, als er allen erzählte, es sei komisch, daß ich nie einen Hut aufhätte, wo doch in der Bibel stehe, daß der Herr die Einfältigen behütet. Mr. Persimmon hat nicht gelacht, aber manche Leute konnten gar nicht mehr aufhören. Mir wurde ganz heiß, und ich konnte nur noch flüstern.“

„Und er ist das mächtigste Mitglied dieser Gemeinschaft gläubiger Menschen, in der das unverfälschte Wort Gottes gepredigt wird?“ fragte Nunc erstaunt.

„Oh ja! Pfarrer Persimmon kam eines Tages stinkwütend herein, als ich gerade die Zeitschriften auf dem Ständer sortierte, und meinte, Forsyth und sein Chor ließen die Mafia wie eine Mädchenjungschar aussehen, und er würde am liebsten den Organisten mitten beim Orgelsolo erwürgen – natürlich in Liebe. Dann sagte er, das hätte er alles nicht sagen sollen, und er ginge jetzt heim, um Buße zu tun, denn das einzige, was er ganz genau wisse, sei, daß er ein Sünder sei. Dann zog er davon wie ein begossener Pudel. Ich glaube, er war sehr traurig."

Nunc murmelte etwas, das klang wie: „Schweige nicht zu meinen Tränen." Dann fragte er: „Und wer kommt als nächstes?"

Ich dachte ein paar Augenblicke lang gründlich nach.

„Verschiedene Damen, glaube ich."

Nunc sagte nichts.

„Und dann sind da ein paar Leute, die Kirchenvorstände genannt werden und die die Leute dazu anhalten, das Abendmahl zu nehmen . . ."

„Und dann?"

„Ein paar Männer, glaube ich – in Anzügen . . . und dann kommt wohl Pfarrer Persimmon, und zuletzt die Leute, die in die Kirche gehen."

„Und du? Wann kommst du, Hartley?"

„Ganz am Schluß, Nunc – als Allerletzter. Wie du weißt, hat mir Pfarrer Persimmon freundlicherweise einen eigenen Schlüssel gegeben, damit ich saubermachen und aufräumen und einfach hiersein kann. Ich fühle mich in der Kirche sicher, weißt du. Und er sagt, daß er mich gerne hier hat, obwohl ich glaube, daß er nur freundlich sein will . . . aber es ist wirklich so, ich komme am Schluß. Ich habe keine wichtige Aufgabe hier."

Nuncs Augen waren wie das Glas an den Enden zweier Teleskope. „Mein lieber Hartley", rief er, „ich bin aufrichtig dankbar und stolz, dein Freund zu sein. Die Worte in eurer eigenen Heiligen Schrift offenbaren die Wahrheit: ‚So werden die Letzten die Ersten und die Ersten die Letzten sein . . . wer sich selbst erniedrigt, der wird erhöht.'"

Plötzlich sprang Nunc auf seine Füße, machte ein paar Schritte vorwärts und kniete vor mir nieder.

„Hartley", sagte er, und ich muß sagen, daß er äußerst ernsthaft klang, „du bist die wichtigste Person in der anglikanischen Kirche!"

„Bist du dir da ganz sicher?" fragte ich. Davon hatte ich noch nie zuvor gehört.

„Oh ja", nickte Nunc. Er stand auf und sah mich nachdenklich an. „Natürlich nur, solange du nicht selbst daran glaubst, denn dann wirst du ganz unten bei dem Organisten und seiner Mafia sein. Übrigens, was ist eigentlich eine Mafia?"

„Eigentlich weiß ich das auch nicht so genau . . ."

Ein lauter Krach unterbrach mich. Es waren Pfarrer Persimmon und Mr. Craven, die durch den Haupteingang eintraten.

3

„Mist!"

Pfarrer Persimmon stößt fast immer irgend etwas um, wenn er durch eine Tür geht. Dann sagt er immer: „Mist!" Diesmal war er gegen die Staffelei und die Tafel gerannt, auf der die vorzüglichen Bilder der Sonntagsschulkinder ausgestellt werden. Die Staffelei war vollkommen zusammengebrochen, die Tafel hatte einen ziemlich hohen Stapel Kirchenzeitschriften zu Fall gebracht, und ein Bild war beinahe ganz durchgerissen, während zwei andere über die Bänke flatterten und im Mittelgang landeten.

„Mist und verdammt und nochmal verdammt und Mist!" sagte Pfarrer Persimmon. „Wo immer es keine Probleme gibt, bringe ich garantiert eines zustande. Der Persimmon hat gerade einmal zehn Minuten Ruhe, sagt sich das Schicksal, laß uns die mit etwas füllen, worauf er nie kommen würde. Ah! Staffelei plus Stiefel ist gleich Chaos – auf geht's! Was ist mit dieser verdammten Staffelei los? Sie scheint auf dem Boden festzuhängen!"

Mr. Craven, ein dünner, braunhäutiger, in Tweed gekleideter

Mann mit freundlichen, wehmütigen Augen, sammelte schweigend die Zeitschriften auf.

„Es ist schon viele Jahre her, daß ich mich mit Physik beschäftigt habe, Dave", sagte er, „aber ich bin ziemlich sicher, daß jeder Versuch, einen Gegenstand aufzuheben, auf dem man steht, zum Scheitern verurteilt ist."

„Mist!" sagte Pfarrer Persimmon, während er seinen Fuß verlagerte und die Staffelei wieder aufstellte.

„Hier sind die Bilder, Herr Pfarrer", sagte ich und reichte sie ihm. „Das andere dort könnten wir mit Tesafilm wieder hinkriegen, nicht wahr?"

Die Leute sagen eine Menge verschiedener Dinge über unseren Pfarrer. Einmal hörte ich, wie Mrs. Williams, die nach dem Gottesdienst immer Kaffee kocht, ohne daß ihr jemand dafür dankt, sagte, er sei wie ein großes, ungemachtes Bett, das jemand an einem Ende in Brand gesteckt habe, und sie hätte keine Lust, sich daran zu verbrennen, danke schön. Aber mit mir hat er noch nie die Geduld verloren, und ich glaube, er mag mich. Warum, weiß ich nicht.

„Ah, vielen Dank, Hartley, alter Junge", sagte er. „Tut mir leid, daß ich so herumgeflucht habe – es war ein langer Tag. Wie geht es Ihnen?"

„Ich bin die wichtigste Person in der anglikanischen Kirche", verkündete ich stolz. „Nunc hat es mir gesagt. Es sei denn, ich fange an, es selbst zu glauben", fügte ich hinzu, „dann werde ich wie Mr. Forsyth."

„Dann glauben Sie es lieber nicht, Hartley, mein Lieber. Ich könnte es mit zwei Forsyths nicht aushalten, und ich würde Sie schrecklich vermissen. Hier – nehmen Sie das Bild mit nach Hause und kleben Sie es zusammen; Sie sind ein Meister in solchen Dingen. Komm schon, Dick, laß die Zeitschriften liegen und hilf mir, ein paar Stühle zu holen."

„Wie gut es unsere kleine Herde doch hat", sagte Mr. Craven, während er auf seinen Stapel Zeitschriften klopfte, „einen irdischen Hirten zu haben, in dem Selbstbeherrschung, Nächstenliebe, Umgänglichkeit und Dankbarkeit so gleichermaßen vorhanden sind."

„Du meinst gleichermaßen spärlich, oder? Ich will dir mal was sagen, Dick: Bei dir wären diese Eigenschaften auch ziemlich spärlich vorhanden, wenn du so einen Tag hinter dir hättest wie ich. Es fing an mit der üblichen Post von Verrückten."

„Zum Beispiel?"

„Zum Beispiel ein Brief von irgend so einer Gruppe, die sich ‚Aktionskreis asthmatischer Siebenten-Tags-Methodisten für Rumänien' oder so ähnlich nennt, die schreibt, daß sie dringend meine Mitarbeit brauchen –"

„So können die nicht geheißen haben", unterbrach Mr. Craven.

„Dann ein Brief von der Frau mit dem Hund, der angeblich nur Häretiker anbellt ..."

„Ist das der, der dich beinahe umgebracht hätte, als du das letzte Mal deine Runde machtest?"

„Genau der. Sie schreibt, wir sollten all unsere Gesangbücher zurück an den Verlag schicken, weil bei allen wer weiß wie viele Vorspannseiten fehlen. Und nicht zuletzt ein Brief von meiner Bank, die mir fünfzehn Pfund für die Mitteilung berechnet, daß ich mit fünfzig Pence im Soll stehe. Verrückt!"

Mr. Craven und ich holten Klappstühle von hinten, brachten sie zu der freien Fläche vor dem Altar und stellten sie im Kreis auf. Nunc saß mit geschlossenen Augen auf der untersten Stufe und leuchtete sanft. Pfarrer Persimmon folgte uns, immer noch redend, durch den Mittelgang.

„Heute nachmittag hatte ich Besuch von einer zweiköpfigen Abordnung der ‚Bleiben-wir-Anglikaner-aber-schaffen-wir-alle-sichtbaren-oder-spürbaren-anglikanischen-Merkmale-ab-Gruppe', die mir mitteilte, wir hätten die falschen Bibeln, und anfragte, ob wir nicht die ‚Lebendige, pulsierende, rutschfeste, sich selbst auf einer beliebigen Seite öffnende und einen persönlichen Vers speziell für Sie hervorhebende Version' anschaffen könnten. Sie seien geführt worden vorbeizukommen, sagten sie, lächelten die ganze Zeit mit knirschenden Zähnen und vergaben mir, daß ich ein geistlicher VW Polo in dem großen Fuhrpark der Kirche sei. Sie hießen Nick und Sue, und sie waren jung und hatten sehr saubere Hälse. Warum heißen solche Leute immer Nick und Sue und sind jung und haben sehr saubere Hälse?"

„Du mußt zugeben, Dave", sagte Mr. Craven, der auf einem der Stühle Platz genommen hatte, „daß wir keine besonders fortschrittliche Gemeinde sind."

„Wie meinst du das?"

„Na ja, wir hatten bisher noch keine Spaltungen. Sind die nicht ein Zeichen der Fortschrittlichkeit?"

Der Pfarrer ignorierte Mr. Cravens Bemerkung, plumpste schwer auf einen Stuhl und lehnte sich mit hinter dem Kopf verschränkten Händen zurück.

„Und um dem ganzen die Krone aufzusetzen, komme ich hier herein, ohne an etwas Böses zu denken, und eine Staffelei – eine dämonisch besessene Staffelei – stürzt sich auf mich und versucht mich umzubringen! Was für ein Tag!"

„Ich habe ein seelsorgerliches Wort für dich, Dave."

„Gott helfe uns – falls er existiert –, also los . . ."

Plötzlich sprach Mr. Craven sehr laut, so, als ob er zu einer großen Menschenmenge redete.

„In dem großen Autorennen des Lebens ist Jesus die Box!"

Manchmal verstehe ich Mr. Craven und Pfarrer Persimmon nicht. Beide brachen in schallendes Gelächter aus.

„Wie auch immer", sagte Pfarrer Persimmon schließlich, „es ist die Stunde der Eingeweide. Hartley ist die wichtigste Person in der anglikanischen Kirche, ich weiß nicht mehr, was ich bin, und du, Dick, bist einfach ein typischer Namens-Anglikaner."

„Unsinn", antwortete Mr. Craven, „ich bin ein ausgetrockneter Baptist."

„Und Nunc ist eingeschlafen", sagte der Pfarrer.

„Das bin ich nicht", lächelte Nunc und öffnete seine Augen, während das Leuchten aus seinem Inneren sich langsam dämpfte. „Ich habe nicht aufgehört, euch mein Ohr zuzuneigen. Was sind Eingeweide?"

„Eingeweide", antwortete Pfarrer Persimmon langsam und leise, wie er es immer tat, wenn Nunc ihm eine Frage stellte, „sind die Teile im Inneren unseres Körpers, die ihn in Funktion halten."

Nunc sprang auf seine Füße und setzte sich auf den freien Stuhl. Er sah aus wie ein großes Marshmellow-Baby.

„Das Herz, meinst du? Das Herz wurde in einem der Bücher erwähnt, die ich hier gelesen habe. Ich glaube, jemand hat es ausgeschüttet."

„Äh . . . ja, das Herz, wenn du so willst. Was ich meinte, war, daß wir über die Dinge nachdenken – reden – werden, die uns wirklich wichtig sind, anstatt wachsam irgendein Apostroph im Buch Zephanja zu analysieren oder nach langer Erörterung zu dem Schluß zu kommen, daß die Auferstehung beinahe zweifellos eine gute Sache war . . ."

„Ist das die Form, die Diskussionen in eurer Gemeinde im allgemeinen annehmen?" fragte Nunc erstaunt.

„Vielleicht habe ich etwas übertrieben", sagte der Pfarrer.

„Du?" Mr. Craven klang schockiert. „Du doch nicht!"

„Na ja, du weißt, wie ich es meine. Diese Gruppe – Nunc und Hartley und du, Dick, und Dot – obwohl sie so ein guter Mensch ist – wo ist Dot überhaupt?"

„Sie hat mich vorhin angerufen", sagte Mr. Craven, „sie kommt ein paar Minuten später. Sprich weiter."

„Na ja, ich wollte nur sagen, daß ich hier, in dieser Gruppe, während der letzten beiden Wochen mehr ich selbst sein konnte als jemals in den letzten beiden Jahren, und damit meine ich nicht geistlicher. Ich bin schon lange nicht mehr geistlich gewesen. Es ist lange her, daß ich von Gott gehört habe. Seit ich hierher kam und geistlich sterilisiert wurde, ist er auf einer langen, gemächlichen Ferienkreuzfahrt gewesen."

„Sterilisieren läßt man sich freiwillig, Dave", sagte Mr. Craven sanft.

„Nicht, wenn der ganze Chor einen festhält und der Organist die Operation vornimmt, dann nicht!"

„Haßt du Mr. Forsyth, David?" fragte Nunc leichthin.

Einige Sekunden lang sagte niemand etwas. Manchmal erinnern mich Nuncs Fragen daran, wie ich mich einmal fürchterlich mit einem Jungen namens Richard Simpson geprügelt habe, der gesagt hatte, ich sei nicht ganz richtig im Kopf. Gerade, als wir draußen auf dem Hof mit dem Ziegelpflaster mitten dabei waren, so hart wir konnten aufeinander einzuschlagen, kam Mr. Williamson, der uns beaufsichtigte, aus der Hintertür und schüttete uns einen Eimer voller eiskalten Wassers über die Köpfe. Uns blieb die Luft weg, und wir hörten auf.

„Hassen ist ein sehr starkes Wort, Nunc“, sagte Pfarrer Persimmon schließlich. Plötzlich sah er eher verstört als zornig aus.

„Es beschreibt ein sehr starkes Gefühl“, warf Mr. Craven ein. „Wenn es das ist, was du empfindest, dann empfindest du es eben. Du kriegst als Pfarrer schließlich bei der Ordination nicht die Zorndrüsen herausoperiert, oder? Gib's zu! Es wird dir gut tun.“

„Das mußt du gerade sagen, Dick“, antwortete der Pfarrer mit erhobener Stimme und starrte den Mann neben sich wütend an. „Du bist ja auch nicht gerade ein aufgeschlagenes Buch, oder?“

„Die Seiten sind noch nicht einmal geschnitten, Dave“, sagte Mr. Craven. „Ich schreibe Fantasy und verstecke mich vor der Realität. Aber“, fügte er beinahe flüsternd hinzu, „ich habe einen doppelten akademischen Abschluß in Freundschaft und Heuchelei.“

Einen Augenblick lang starrte Pfarrer Persimmon Mr. Craven ins Gesicht und wiederholte lautlos mit den Lippen die letzten Worte; dann wandte er sich ab und legte den Kopf weit zurück, so daß er hinauf zu den dicken schwarzen Balken an der Decke blickte.

„Dieses Jahr“, verkündete er im Tonfall eines Nachrichtensprechers, „wird der Präsident der Bewegung zur Befreiung christlicher Feiglinge Pfarrer David Persimmon sein, der genau zeigt, was er denkt und fühlt, aber schlicht und einfach nicht das Herz hat –“

„Oder die Eingeweide“, warf Nunc interessiert ein.

„Er hat nicht die Eingeweide, das Kind beim Namen zu nennen, damit nicht das letzte Stückchen Pfarrer in ihm auch noch entsetzt davonläuft und ihn mit der Erkenntnis zurückläßt, daß er genausogut hingehen und Gemüsehändler werden könnte . . .“

Endlich bot sich mir die Chance, auch einmal etwas zu sagen.

„Ich habe früher einmal bei einem Gemüsehändler ausgeholfen, Pfarrer Persimmon.“

„Und haben Sie damals mit Kohlköpfen und Bohnen und Möhren und Äpfeln gearbeitet, Hartley?“

„Ja, und mit Kartoffeln."

Der Pfarrer hörte auf, an die Decke zu schauen. Statt dessen beugte er sich vor und starrte auf den Fußboden zwischen seinen Füßen.

„Kartoffeln, natürlich. Und wenn Sie hinterher nach Hause gingen, haben Sie dann gesagt: ‚Ich habe Kartoffeln geschleppt und Kohlköpfe gestapelt und Möhren in Tüten verpackt und Äpfel poliert und Bohnen sortiert, aber ich habe *nicht* beim Gemüsehändler ausgeholfen?'"

„Natürlich nicht, denn ich *hatte* ja beim Gemüsehändler ausgeholfen."

„Hartley", sagte er ganz leise, „Sie sind ein besserer Mensch als ich . . ."

Plötzlich schoß der Pfarrer vom Stuhl hoch, lief durch die Kirche und sprang die Stufen zur Kanzel hoch. Er klammerte sich mit beiden Händen an das schmale Holzgeländer, beugte sich vor und ließ seine Augen von einer Seite der Kirche zur anderen und wieder zurück schweifen, als ob jede einzelne Bankreihe gerammelt voll mit Leuten wäre (was eigentlich niemals vorkam).

„Ja!" sagte er mit mächtiger Stimme. „Verdammt und Mist und dreimal Mist und zweimal verdammt – ja!! Ich hasse und fürchte und verabscheue und verachte jedes Molekül, jedes Neutron, jedes Proton, jedes Elektron, das in seinem widerlichen Körper existiert! Von dem Augenblick an, als er mich mit seinem sardonischen Blick fixierte und mich informierte, das Boot von St. Wilfred's sei mit so wirksamen Stabilisatoren ausgestattet, daß es bisher noch niemandem gelungen sei, es ins Schwanken zu bringen, bin ich in seiner Gegenwart nur noch ein Pudding, ein ungenießbarer, geschmackloser Pudding. Wenn Nigel Forsyth in die Hölle kommt, dann will ich in den Himmel. Wenn er ein Zimmer im Paradies gebucht hat, dann laß mich bitte sanft in den Hades sinken oder in die Generalsynode oder irgendwohin, wo er nicht ist. Er lockt alle Teufel meiner Kindheit aus ihren ekelhaften kleinen Verstecken hervor, so daß sie mich mit ihren gräßlichen spitzen Zungen und ihrem ranzigen Atem anklagen und verspotten und heruntermachen!

‚Du dachtest wohl, du wärst Daddy ein für allemal los, was? Er ist wieder da! Er heißt jetzt Forsyth – und schnürt dir den Magen zu wie damals, bis du innerlich wie ein Baby zu weinen anfängst . . .'

‚Du dachtest wohl, du hättest alle losen Enden verknotet, was? Falsch!'

‚Du dachtest wohl, du könntest diesen erbärmlichen kleinen Jungen im Hinterzimmer einsperren und zuhören lassen, wie auf der anderen Seite der Tür seine Welt zusammenbricht, was? Er hat dich gefunden, er hat dich eingeholt, er ist in dir, du bist es selbst . . .'"

Ich hatte vorher noch nie einen Pfarrer weinen sehen, und vielleicht werde ich es auch nie wieder, aber an diesem Abend weinte Pfarrer Persimmon nicht nur, er heulte und schluchzte und heulte und hing über der Vorderseite der Kanzel wie eine riesige Stoffpuppe. Und dann passierte etwas ganz Merkwürdiges. Wissen Sie, es passierten viele merkwürdige Dinge während jener Zeit, als Nunc bei uns war. Das war einer der Gründe, warum mir so viel an den Donnerstagabenden lag. Es konnte alles Mögliche geschehen.

Was diesmal geschah, war, daß das Licht, das ich eingeschaltet hatte, als ich in die Kirche gekommen war, ausging, aber ganz allmählich, wie bei einem von diesen Dimmer-Schaltern, von denen ich schon geredet habe. Keiner von *uns* hatte das getan. Dot Jenkins war durch die Hintertür hereingekommen, während der Pfarrer weinte, aber als das Licht zu erlöschen begann, saß sie bereits mit uns im Kreis, so daß sie bestimmt nichts damit zu tun hatte.

Während das Licht über unseren Köpfen immer dunkler und dunkler wurde, begann Nunc immer heller und heller zu leuchten, bis sein weiches, weißes Licht das einzige in der ganzen Kirche war. Es sah aus, als säßen wir in einer verschneiten Nacht bei einer Straßenlaterne, nur daß ich mich gleichzeitig ganz warm und geborgen fühlte.

Das zweite Merkwürdige war, daß Pfarrer Persimmon zu weinen aufhörte und sich auf der Kanzel hoch und gerade aufrichtete.

Ich war bestimmt nicht der einzige, der den Eindruck hatte, daß er wie gebannt auf jemanden oder etwas am hinteren Ende der

Kirche schaute, denn Dot, Mr. Craven und ich drehten alle gleichzeitig unsere Köpfe in diese Richtung. Niemand war dort, aber der Pfarrer fing traurig und langsam zu reden an, mit weit geöffneten, nassen Augen, und ich bin ganz sicher, daß er nicht zu einem von uns sprach. Seine Worte kamen in einzelnen Zeilen wie bei einem dieser Gedichte, die sich nicht reimen, und wir saßen ganz still da und hörten zu:

Armes trauriges Kind,
armes Kind,
armer Junge,
lauf nicht – lauf nicht davon,
versteck dich nicht.
Ich liebe dich.
Es tut mir leid, daß ich dich im Stich gelassen habe,
ich habe dich verlassen,
ich habe mich mit zu wenig zufrieden gegeben,
ich hatte Angst vor deinem Schmerz.
Schmerz soll man lieber vergraben.
Ich hatte unrecht,
dich dort zu lassen,
dich fragen zu lassen, ob Tränen jemals wirklich trocknen.
Ich nahm das Los der Halblebendigen auf mich,
aber jetzt,
jetzt bin ich gekommen, dich zu finden,
ich kann dir jetzt begegnen,
ich sehne mich danach, dein Gesicht zu sehen,
ich will sehen, wie du lächelst,
wie du lächelst, liebes Kind,
sei von neuem mein Kind.
Ich habe einen Freund mitgebracht,
einen Freund, der Dinge verändert.
Er ist jetzt bei mir,
sein Name,
sein Name ist Jesus –
Jesus.

Er kann dich heilen,
er kann dich wieder zum Lächeln bringen,
du wirst ihn lieben,
ich liebe ihn,
er liebt dich
so sehr,
so sehr,
armes trauriges Kind.

Dot Jenkins ist schon ziemlich alt und hat steife Gelenke, aber als das elektrische Licht wieder anging und Nuncs schneeweißes Strahlen verblaßte, stand sie von ihrem Stuhl auf, erklomm langsam die Kanzelstufen und legte ihre Hand auf den Arm des Pfarrers. Er zuckte zusammen und drehte sich um, als sie ihn berührte, als ob er gerade aufgewacht wäre.

„Hallo, Dot", sagte er, „woher sind Sie denn plötzlich aufgetaucht? Und woher kam das alles, was ich eben von mir gegeben habe? Und wer bin ich überhaupt? Und noch viele andere Fragen ..."

„Kommen Sie und setzen Sie sich, David." Sie klang wie eine meiner Lehrerinnen von damals, als ich noch ganz klein war – zuversichtlich und stark. „Ich fürchte, David", sagte sie, „daß Sie einmal wieder mit der Möglichkeit konfrontiert sind, es könnte am Ende doch einen Gott geben."

„Ach, liebe Dot", antwortete Pfarrer Persimmon müde, während er ihr die Stufen hinab folgte, „ich bin nur ein Namens-Atheist, wissen Sie. Der Hund des Himmels schnappt ständig nach meinen Fersen."

„Irgendwann wird er dich in den Hintern beißen", sagte Mr. Craven, „und dann wirst du im dreigestrichenen C ‚Halleluja' schreien. Wie fühlst du dich, Dave? Das war wunderbar, was du da oben gesagt hast. Setz dich. Setzen Sie sich, Dot."

„Es mag wunderbar gewesen sein", antwortete der Pfarrer, „aber ich bin mir nicht sicher, wer es gesagt hat. Nunc?"

„Ja, David." Nunc war ganz ruhig und still.

„Nunc, du hast mich gerade eben gefragt, ob ich Forsyth hasse."

„Das habe ich."

„Nun, ich hasse ihn. Es spielen alle möglichen anderen Dinge mit hinein, die die Sache komplizierter machen, aber ich hasse ihn. Er ist mein Feind."

„Wie angenehm für ihn", sagte Nunc.

„Angenehm?" Dot klang schockiert.

„Ja, natürlich, Dot. Ich stelle mir vor, daß Mr. Forsyth auf mancherlei Weise Davids Großzügigkeit und Freundlichkeit genossen hat und daß er, auch wenn er es vielleicht nicht ahnt, reichen Segen durch die Gebete empfangen hat, die sein Bruder ohne Unterlaß für ihn spricht."

„Ich verstehe." Dot lächelte und nickte.

Pfarrer Persimmon rieb sich die Hände über das ganze Gesicht und durch seine dichten roten Haare.

„Nunc", sagte er, „wovon redest du eigentlich?"

„Vielleicht habe ich etwas falsch verstanden", sagte Nunc ruhig, „aber eure Schriften enthalten ein klares Gebot, eure Feinde zu lieben und für die zu beten, die euch übelwollen. Und werdet ihr an einer anderen Stelle nicht angewiesen, gerade diejenigen zu euch nach Hause einzuladen, die ihr nicht einzuladen wünscht? Ich habe angenommen, daß Mr. Forsyth oft mit dir gegessen haben muß."

„Diesen Mann zum Essen einladen? Eher würde ich –"

„Eher würden Sie nicht tun, was Jesus unmißverständlich gebietet?" unterbrach Dot.

„Mir scheint", fuhr Nunc fort, „daß ich, wenn ich ein Mitglied dieser anglikanischen Kirche wäre, zu einem Mann oder einer Frau sagen könnte: ‚Beweise mir, daß du mich haßt, indem du mich liebst. Beweise mir, daß du anderer Meinung bist als ich, indem du dir meine Gedanken zueigen machst. Beweise mir, daß ich dein Feind bin, indem du mich wie einen Freund behandelst. Beweise mir, daß du mich nicht in deinem Leben haben willst, indem du mich zum Essen einlädst.'"

Mr. Craven lächelte. „Das ist ein sehr schönes Ideal, Nunc, aber kannst du dir vorstellen, was für Auswirkungen es hätte, wenn jeder es so machen würde? Stell dir vor, Dot kommt eines Tages auf mich zu, lächelt mich an und sagt: ‚Richard, ich würde mich sehr freuen, wenn Sie nächsten Freitag zu mir zum Abendessen kommen könnten.‘ ‚Aha!‘ antworte ich, ‚so denken Sie also über mich! Was habe ich Ihnen denn getan, daß Sie mich so behandeln? Ich glaube fast, Sie beten auch noch für mich! Freundschaft, daß ich nicht lache!‘“

„Richard“, sagte Dot liebenswürdig.

„Ja, Dot?“

„Seien Sie nicht albern, mein Lieber.“

„Sandwiches mit gemahlenem Glas, ein Arsen-Cocktail und ein paar kleine Zyankali-Häppchen – das wäre so ungefähr das Richtige“, sagte der Pfarrer in sachlichem Tonfall.

„Das Richtige wofür?“ fragte Dot.

„Ich vermute“, sagte Mr. Craven, „daß unser geistlicher Vater hier gerade die Speisenfolge für sein Essen mit dem Organisten zusammenstellt.“

„Warum laden Sie ihn nicht zum Essen ein, David?“ Dot klang, als ob sie zu einem Schluß gekommen sei. „Versuchen Sie es doch einmal mit einem bißchen Gehorsam, wie Nunc vorgeschlagen hat, und schauen Sie, was dabei herauskommt. Na? Was denken Sie?“

Pfarrer Persimmon saß da und starrte ein paar Minuten lang in die Ferne, wobei er die Lippen fest zusammenpreßte wie ein störrischer kleiner Junge.

„Neulich“, sagte er schließlich, „war Stanley Carstairs, der im Chor singt und mit jedem seiner fünf Füße in einem anderen Lager steht, so freundlich, mir zu erzählen – weil er meinte, ich solle es wissen, versteht ihr –, daß Nigel Forsyth ihm einen Witz über mich erzählt habe. Offenbar sagte Forsyth, er hätte im Alten Testament einen Vers gefunden, in dem das Kommen des Pfarrers Persimmon nach St. Wilfred's prophezeit werde.“

Ein langes Schweigen folgte, und dann langte Mr. Craven zu einer der Kirchenbänke hinüber und nahm sich eine Bibel.

„Welche Stelle, David?“ fragte er.

„Die Stelle ist Jona, Kapitel vier, Vers sieben“, antwortete der Pfarrer mit völlig ernster Stimme. „Ja, lies es nur vor, Dick, aber wenn du auch nur mit den Mundwinkeln zuckst, werde ich an dir eine unfreiwillige Du-weißt-schon-wovon-wir-sprachen-bevor-Dot-kam demonstrieren, und zwar mit Hilfe einer stumpfen Schere, die ich nur drüben aus der Sakristei zu holen brauche. Habe ich mich klar ausgedrückt?"

„Kristallklar, Dave", sagte Mr. Craven, während er in der Bibel blätterte. „Schauen wir mal . . . Kapitel vier, Vers sieben. Da haben wir es . . ." Er zögerte.

„Na los doch!" schnappte der Pfarrer. „Worauf wartest du?"

„Der Herr schickte einen Wurm", las Mr. Craven laut und deutlich.

Pfarrer Persimmon starrte uns einen nach dem anderen an, um zu sehen, ob einer lachte. Mr. Craven lächelte nicht einmal, Nunc sah ziemlich verwirrt aus, Dot blickte ziemlich empört drein; aber ich muß gestehen, daß ich lachen mußte, als mich der Pfarrer anschaute, obwohl ich es nicht wollte. Ich hatte solche Angst!

„Bitte verzeihen Sie mir, Pfarrer Persimmon", prustete ich, „ich wollte nicht lachen! Es ist nur, daß Sie so *gar* keine Ähnlichkeit mit einem Wurm haben, und ich . . ."

Statt wütend auf mich zu werden, fing der Pfarrer selbst an zu lachen, und alle anderen auch, so daß ich einfach mitlachte. Ich glaube, ich werde die Leute niemals verstehen.

„Jedenfalls", sagte der Pfarrer, „sorgt er dafür, daß ich mich wie ein Wurm fühle, schwach und glibberig. Und er ist eine große, starke Drossel." Er schaute noch einmal in die Runde. „Meint ihr wirklich, ich sollte ihn zum Essen einladen?"

„Natürlich", sagte Nunc einfach, „überhäufe ihn mit Wohltaten."

„Es wäre ein Anfang", fügte Dot hinzu, „und es würde ihn sicherlich überraschen."

Mr. Craven sagte: „Na los, raff dich auf, Dave. Ich komme auch und halte deine Hand, wenn du willst. Wenn du möchtest, koche ich sogar das Essen. Dem armen Mann etwas vorzusetzen, das du gekocht hast, wäre ein Akt nackter Aggression."

„Danke, Dick, ich nehme dich beim Wort. Hartley, was meinen Sie? Sollte ich Mr. Forsyth zum Abendessen einladen oder nicht?"

Eine Sekunde lang war ich unschlüssig, was ich sagen sollte. Es kommt nicht oft vor, daß die Leute wissen wollen, was ich über irgend etwas denke. Aber Dot kennt manchmal Geheimnisse. Und Nunc gewiß auch. Wenn sie fanden, daß es eine gute Idee wäre, dann mußte es so sein.

„Ja", sagte ich, und mir fiel etwas ein, das einmal jemand in einer alten Abenteuergeschichte gesagt hatte, „das ist ein außerordentlich guter Gedanke. Ich applaudiere ihm."

Pfarrer Persimmon schmunzelte, als ich das sagte, und Dot beugte sich zu mir herüber und flüsterte: „Gut ausgedrückt, Hartley, sehr gut ausgedrückt." Das war nett.

„Nun", sagte der Pfarrer, „damit wäre alles klar. Nächste Woche werde ich meinen geliebten Bruder zu einem üppigen Mahl einladen, und übernächste Woche werde ich euch Bericht erstatten und euch sagen, wie unrecht ihr hattet."

4

Nunc fragte: „Sagt mir, was genau ist eine Sterili-"

„Außerirdische brauchen so etwas nicht", unterbrach Mr. Craven hastig. „Nunc, wir haben vorhin davon gesprochen, wer wir sind oder was wir sind. Dave sagte, er wisse nicht, was er sei, ich sei ein Namens-Anglikaner und Hartley sei die wichtigste Person in der anglikanischen Kirche (was meiner Ansicht nach mit hoher Wahrscheinlichkeit zutrifft). Sie waren noch nicht da, Dot, nicht wahr? Was sind Sie?"

„Was bin ich?" wiederholte Dot ein wenig verwirrt. „Nun, ich bin eine Menge Dinge, nehme ich an. Für manche eine achtzigjährige Nervensäge, wie ich wohl weiß. Ich bin nie in der Lage gewesen, etwas anderes als die Wahrheit zu sagen. Das ist keine Tugend, es ist mir einfach so eingebläut worden."

Mr. Craven zog durch die geschürzten Lippen Luft ein. „Oh,

Dot, Sie wissen doch so gut wie ich, daß es immer Probleme gibt, wenn sich die Wahrheit ins Christentum einschleicht. Warum können Sie nicht einfach brav sein und mitspielen wie alle anderen?"

Dot ist eigentlich sehr hübsch, obwohl sie schon furchtbar alt ist, aber als Mr. Craven das sagte, richtete sie sich gerade auf ihrem Stuhl auf und funkelte ihn mit einem äußerst bösen Gesicht an.

„Ich spiele keine unsinnigen Spielchen mit!" sagte sie. „Ich werde nicht so tun, als wäre irgend etwas geschehen, nur weil irgend jemand Risse in seinem privaten kleinen geistlichen Tabernakel bekommt, wenn ich es nicht tue! Und ich werde auch unter keinen Umständen die Liebe und Vergebung und Gnade verleugnen, die ich in Jesus gefunden habe. Ich habe meinem irdischen Vater vor siebzig Jahren und meinem himmlischen Vater vor fünfundfünfzig Jahren versprochen, daß ich immer versuchen würde, mir selbst treu zu sein. Natürlich bin ich gescheitert, weil ich ein schwacher Mensch bin, aber ich erneuere mein Versprechen jeden Tag, und ich vertraue darauf, daß der Herr mich aufrecht halten wird, wenn ich stehe, und mir vergibt, wenn ich falle. Es gibt viel zu viele Leute, die vom Glauben abfallen, weil sie plötzlich merken, daß ihr ganzes religiöses Leben nur aus einem Mitspielen – ja, einem Mitspielen, Richard – bei Akten kollektiver Unehrlichkeit bestand. Wenn religiöser Optimismus die geistliche Realität verdrängt, dann kann das nur Ärger geben – das kann nur Ärger geben!"

Ich wäre vollkommen niedergeschmettert gewesen, glaube ich, wenn Dot mir so wütend geantwortet hätte, aber Mr. Craven hörte nur mit schiefgelegtem Kopf und einem eigenartigen Lächeln in den Augen zu.

„Akte kollektiver Unehrlichkeit, was?" Er nickte langsam. „Meinen Sie solche Gemeinden, wo man der Meinung ist, Liturgie sei etwas, das man sich im griechischen Schnellimbiß holt?"

Der Pfarrer schnaubte zustimmend. „Oder solche Gemeinden", fügte er hinzu, „wo man meint, ein Lettner sei eine Vorrichtung zum Anschauen von Filmen?"

„Nein, keineswegs, ich spreche nicht von irgendeiner konkreten religiösen Gemeinschaft oder Gruppe", sagte Dot, immer noch ziemlich wütend. „Wie Sie beide sehr wohl wissen, besuche ich regelmäßig mittwochs eine Anbetungsversammlung der Hauskreisgemeinde, die sich in der Grundschule in der Bowden Road trifft. Die freie, ungehemmte Atmosphäre dieser Versammlungen ist eine Ergänzung und" – sie fixierte den Pfarrer mit scharfem Blick – „eine Art Gegenmittel gegen die meisten der Gottesdienste, die ich in St. Wilfred's besuche."

Der Pfarrer gab einen Laut von sich, als wäre er angeschossen worden, krampfte die Hand über dem Herzen zusammen und tat so, als würde er gleich vom Stuhl fallen. Dot achtete nicht darauf.

„Die anglikanische Kirche ist da so schuldig wie irgendeine andere Gruppe. Ja, wenn wir uns schon zu Albernheiten herablassen, könnte ich darauf hinweisen, daß es biblische Gründe für die Ansicht gibt, daß die Anglikaner vor allen anderen im Himmel ankommen werden."

„Ach, werden sie das?" fragte Mr. Craven.

„Die Schrift lehrt, daß die Toten zuerst auferstehen werden."

„Sie haben einen Witz gemacht, Dot!" sagte Pfarrer Persimmon. „Ich möchte der erste sein, der Ihnen dazu gratuliert, in dieser späten Phase Ihres Lebens etwas so Radikales zu versuchen. Wirklich wunderbar!"

Dot konnte sich ein Lächeln nicht verkneifen. „Ich werde dergleichen bestimmt nicht wieder versuchen", sagte sie. „Ich weiß, daß ich eben ein bißchen predigerhaft und ernst geklungen habe, aber ich stehe hinter jedem Wort, das ich gesagt habe. Und was die Anglikaner angeht – nun, was bedeutet es heutzutage, wenn jemand sagt, er sei ein Anglikaner?"

„Ist ein Anglikaner dasselbe wie ein Christ?" fragte Nunc, der schweigend zugehört hatte.

„Anglikaner *können* Christen sein", warf Mr. Craven ein.

„Aber nicht alle Anglikaner *sind* Christen", sagte Dot mit gerunzelter Stirn.

„Und es sind keineswegs alle Christen Anglikaner", fügte Pfarrer Persimmon hinzu.

„Ein Anglikaner kann erneuert werden", sagte Dot.

„Wie ein Buch aus der Leihbücherei?" fragte ich. Darüber mußten alle lachen, obwohl ich nicht weiß, warum.

„Oder er kann so sein wie der Pfarrer", sagte Mr. Craven.

„Wenn du nicht aufpaßt, Dick", sagte Pfarrer Persimmon, „werde ich Nunc erzählen, was du neulich gesagt hast, als der Hauskreis von Angus Wattle von der Konferenz in Brighton zurückkam und den Gottesdienst am Mittwochabend gestaltete, als hätten sie alle neue Batterien bekommen."

Mr. Craven zuckte die Achseln. „Ich stehe dazu, was immer ich gesagt habe." Dann zog er die Augenbrauen zusammen. „Was zum Kuckuck *habe* ich gesagt?"

„Du sagtest, Zitat: ‚So geht die Welt zu Ende, nicht mit einem Knall, sondern mit einem Wimmern.' Richtig?"

„Nun, ja, so etwas Ähnliches habe ich gesagt", gab Mr. Craven gemächlich zu, „aber wer mich gut kennt –"

„Meinen Sie damit uns?" unterbrach Dot.

„Wer mich gut kennt, weiß genau, daß ich ein heimlicher Charismatiker bin, was, wenn ich mich nicht sehr irre, ganz auf der Linie der Empfehlungen liegt, die der Apostel Paulus im ersten Korintherbrief gibt."

„Ich glaube, Sie irren sich in der Tat sehr, Richard", sagte Dot. „Paulus hat keineswegs angedeutet, daß Sie all Ihre Gaben zu Hause im Schrank verstecken und niemals mit in die Kirche bringen sollen. Ich glaube" – sie sprach sehr freundlich –, „daß Sie Angst davor haben, sich ebenso verletzlich zu zeigen, wie es David eben gerade getan hat. Habe ich recht?"

Mr. Cravens Gesicht schien sich zu verschließen, als Dot das sagte. Normalerweise mag ich sein Gesicht, aber jetzt war es hart und abweisend und kalt. Er stand auf und ging mit den Händen in den Hosentaschen langsam den Gang hinab, bis er fast unsichtbar im Schatten stand. Dann drehte er sich um und sprach leise, aber sehr deutlich.

„Ich lasse mich nicht gern tyrannisieren, Dot", sagte er. „Ich bin, wie ich bin, und wie es in meinem Innern aussieht, geht niemanden anderes etwas an. Ich habe nichts gegen Witze, und ich habe nichts dagegen, wenn andere tun, was immer sie für sich für eine gute Idee halten, aber ich habe mich dieser Gruppe nur angeschlossen, weil ich dachte, hier würde mich niemand anmachen. Also machen Sie mich nicht an, verstanden?"

Dot war den Tränen nahe.

„Richard, es tut mir leid, ich wollte wirklich nicht –"

„Ich erinnere mich an diese Versammlung!"

Nuncs Stimme, die wie ein Glockenläuten durch die Kirche tönte, unterbrach die Atmosphäre und lenkte unsere Blicke von Mr. Craven weg auf ihn.

„Welche Versammlung, Nunc?" fragte der Pfarrer.

„Die, bei der die Leute neue Batterien hatten", sagte Nunc aufgeregt. „Ich erinnere mich daran – ich erinnere mich an die beiden Töne. Es war das erste Mal, daß ich sie zusammen erklingen hörte, seit ich von – seit ich von dort ausging, wo ich vorher war. Man hat mich gelehrt, alle Dinge gelassen hinzunehmen, aber an jenem Tag wurde eine weitere Träne in die Flasche gefüllt, die in meiner Heimat für mich aufbewahrt ist, und ich fühlte mich niedergemäht wie eine Blume . . ."

Ich verstand wirklich nicht, wovon Nunc redete, aber er sah so sehr wie ein trauriger weißer Teddybär aus, wie er mit schiefgelegtem Kopf und den Händen auf den Knien dasaß, daß ich beinahe hinübergegangen wäre und ihn geknuddelt hätte. Ich glaube, ich hätte es auch getan, hätte der Pfarrer nicht das Schweigen gebrochen, das auf Nuncs Rede folgte.

„Was meinst du mit diesen zwei Tönen, Nunc? Die Musik war ein bißchen wilder – ich meine, lebhafter – als sonst, aber abgesehen davon . . ."

„Möchtet ihr sie hören?" Nunc richtete sich mit glänzenden Augen gerade auf.

Pfarrer Persimmon, Dot und ich schauten einander an (Mr. Craven stand immer noch irgendwo hinten im Schatten). Keiner von uns spielt ein Musikinstrument, und was Nunc betraf, na ja, ich nehme an, er hätte ein Akkordeon oder irgendein anderes kleines Instrument spielen können, aber seine Beine waren viel zu kurz, um die Pedale einer Orgel zu erreichen, und ein anderes musikalisches Gerät gab es nicht in der Kirche.

„Wir würden sie sehr gerne hören, Nunc", sagte Dot höflich. Sie wandte sich dem hinteren Bereich der Kirche zu. „Richard, möchten Sie nicht kommen und . . .?"

„Komm schon, Dick!" sagte der Pfarrer. „Hör auf zu schmollen und setz dich wieder. Du kannst deine Eingeweide wegstekken – wir wollen sie nicht sehen."

Ich hielt die Luft an, aber Mr. Craven kam durch den Mittelgang zurück. Er sah zwar müde aus, aber zum Glück lächelte er wieder. Er ging auf Dot zu, legte seine Hände auf ihre Schultern und beugte sich herab, um sie auf die Wange zu küssen.

„Tut mir leid, Dot, ich habe für einen Augenblick mal wieder alle Abwehrgeschütze aufgefahren."

„Nein, mir tut es leid, Richard", sagte sie und klopfte auf seine Hand. „Ich bin so damit beschäftigt, die Wahrheit zu sagen, daß ich ganz vergesse, einfühlsam zu sein."

„Das ist ja alles sehr rührend", sagte Pfarrer Persimmon, „aber wenn ihr damit fertig seid, einander zu vergeben und euch zu entschuldigen und euch die Ohren vollzuheulen, möchte Nunc uns etwas zu Gehör bringen. Bühne frei, Nunc."

Nunc verließ seinen Stuhl, erklomm die Stufen und stellte sich mit nach beiden Seiten ausgestreckten Armen vor dem Altar auf.

Dann fing es an.

Zuerst war es eigentlich gar kein Geräusch. Es war eher wie eine Vibration im Innern der Wände und Säulen und im Fußboden, als ob in all dem Stein und Holz um uns her große Maschinen verborgen seien. Ich bin nicht sicher, wie die anderen es empfunden haben, und ich weiß, es klingt sehr albern, aber mir schien es, als sei das ganze Gebäude auf einmal überhaupt nicht mehr schwer. Dann fing das Geräusch an, ein tiefes, rollendes Dröhnen, immer der gleiche Ton und anfangs sehr angenehm; ein bißchen so wie damals, als ich noch ganz klein war und im Haus Dalton immer auf dem altmodischen Wäschetrockner saß. Doch nach einer Minute wurde der Laut so schwer und unveränderlich und unaufhaltsam, daß wir alle die Hände über die Ohren legten, um ihm zu entgehen. Das Geräusch war machtvoll, aber tot.

Danach war es wie im Traum. Nunc hob die Hände hoch über den Kopf, und eine andere Note, ein lieblicher, hoher, flötenähnlicher Ton erfüllte die Kirche und mischte sich mit dem tieferen Ton zu einem Klang, der einen zum Weinen brachte, sobald man ihn hörte. Er erinnerte an so viele Dinge, daß ich mir hinterher eine Liste machte.

Es war wie das Ende eines schönen Musikstücks.
Wie das Erwachen nach einem Alptraum.
Wie das Lachen, wenn der Schmerz verschwunden ist.
Wie wenn man im Dunkeln einen Lichtschalter findet.
Wie ein eiskalter Trunk an einem heißen Tag.
Wie wenn man plötzlich weiß, daß man geliebt wird.
Wie herrliches Wetter.
Wie das Happy-End eines Films, über den man geweint hat.
Wie wenn man mit einem Puzzle fertig wird.
Wie wenn man weiß, daß alles in Ordnung kommt.
Wie wenn man entdeckt, daß doch jemand die ganze Zeit über alles in der Hand hatte.
Wie Frieden.

Als der Ton verklang, saßen wir alle da wie Statuen, als ob ein Zauberer uns mit seinem Stab berührt hätte. Ich merkte nicht, daß Nunc sich wieder gesetzt hatte, bis er zu sprechen begann.

„So“, sagte er glücklich.

Pfarrer Persimmon sah aus wie jemand, der einen harten Schlag mit einem Ziegelstein auf den Kopf bekommen hat.

„Das klang unheimlich echt, Nunc“, sagte er schwach. „Ich erinnere mich eigentlich nicht, daß etwas Derartiges in dem Gottesdienst geschehen wäre, den die Leute mit den neuen Batterien geleitet haben.“

„Ich schon“, sagte Nunc, „aber ich glaube, daß meine Ohren anders gemacht sind als eure, und auf jeden Fall“, lächelte er zufrieden in die Runde, „konnten so viele heute abend hier anwesend sind, die beiden Töne hören.“

„Nunc“, sagte Mr. Craven, „was war dieser tiefe Baßton?“

„Es war ein tiefer Baßton", sagte Nunc mit offensichtlicher Verwirrung.

Mr. Craven verzog das Gesicht und verlagerte seine Position auf dem Stuhl. „Ja, ich weiß, daß es das *war*, aber – ich meine – was bedeutete dieser Ton? Wofür stand er?"

„Er stand für das, was gewesen ist", sagte Nunc, „was verdient wurde, was erworben wurde, was niedergelegt wurde, was bereitet wurde."

Es entstand eine Pause. Pfarrer Persimmon öffnete den Mund und schloß ihn wieder.

„Und der hohe Ton?" fragte Mr. Craven.

„Das Jetzt, das Leben, das, was ist, wer ist, was sein wird, die Ewigkeit."

„Der eine ist monoton, der andere schrill, aber zusammen klingen sie schön?" meinte der Pfarrer.

Nunc nickte enthusiastisch, und der Pfarrer verschränkte die Hände über dem Kopf wie ein siegreicher Boxer.

„Ich habe etwas richtig verstanden, Dick! Hast du das gehört? Ich habe etwas richtig verstanden! Es gibt noch Hoffnung für mich."

„Ich war bei diesem Gottesdienst dabei", hauchte Dot, die sich kaum bewegt hatte, seit die Harmonie verklungen war. „Ich fand ihn wunderbar, und – Richard, Sie haben mich doch vorhin gefragt, was ich *bin*, nicht wahr?"

Mr. Craven nickte.

„Also", fuhr Dot fort, „ich habe zwar sicherlich diesen wunderbaren Klang nicht gehört, aber –"

„Ich auch nicht", sagte ich.

„Aber ich habe ein bißchen – nur ein kleines bißchen – von dem empfunden, was wir gerade erlebt haben. Und ich glaube, daß es im Kern mit Jesus zu tun hat. Also, wenn Sie mich fragen, was ich bin, dann denke ich, die Antwort ist – also, stört es jemanden, wenn ich mich drastisch ausdrücke?"

„Je drastischer, desto besser, Dot!" sagte der Pfarrer. „Aber bitte sauber, aus Rücksicht auf Mr. Craven. Er ist eine empfindsame Seele."

5

„Ich habe einen Neffen", sagte Dot, „der Sohn meines jüngsten Bruders Jonathan. Sein Name ist Philip, und er ist wirklich ein entzückender junger Mann, obwohl er mich manchmal fürchterlich neckt. Nun, Philip ist Offizier bei der Royal Navy, und letzten Monat hat er mir ein Buch mit Ausdrücken aus dem Navy-Jargon geschenkt, mit der Bemerkung, das sei ‚genau die richtige Lektüre' für mich. In Wirklichkeit waren, wie der Lausejunge sehr gut wußte" – Dot errötete leicht –, „einige der Formulierungen und Ausdrücke in dem Buch ganz und gar nicht salonfähig."

„Zum Beispiel?"

Dot ignorierte den Pfarrer. „Doch es war ein Ausdruck darin, den ich hochinteressant fand. Ich verstehe nicht viel von Mechanik, aber wie ich dem entsprechenden Abschnitt des Buches entnehme, sind die Rotorblätter von Marinehelikoptern mit dem Gehäuse der Maschine durch eine Nute verbunden, die im Jargon die ‚Jesus-Nute' genannt wird."

„Warum ausgerechnet *Jesus*-Nute?" fragte Mr. Craven.

„Sie wird Jesus-Nute genannt", erklärte Dot, „weil man, wenn man einen Helikopter fliegt, ohne dafür zu sorgen, daß diese Nute fest genug ist, vermutlich Jesus begegnen wird! Ich finde dieses Bild sehr hilfreich. Ich denke – ich hoffe, daß ich eine Jesus-Nute bin. Aber ich muß zugeben, daß ich manchmal ziemlich verwirrt über meine Rolle in der Gemeinde bin."

„Oh je!" platzte Pfarrer Persimmon heraus, „warten Sie ab, bis Sie Pfarrerin sind!"

„Wie lange, glauben Sie, werde ich darauf warten müssen?" fragte Dot mit funkelnden Augen.

„In meinem Job", sagte der Pfarrer, „muß man Buchhalter, Diplomat, Prediger, Vorsitzender, Krankenbesucher, Schriftsteller, Taxifahrer, Redner, Lebensberater, Stühlesteller, Organistenbeköstiger und, äh . . . Regisseur von Krippenspielen sein. Hast du Lust auf meinen Job, Dick?"

Mr. Craven lachte nicht – er lächelte nicht einmal.

„Ich fühle mich durch diesen Abend etwas niedergeschmettert, Dave", sagte er. „Ich weiß nicht, ob ich überhaupt irgendeine Rolle habe. Professioneller Pessimist vielleicht." Er blickte sich in der Kirche um. „Die Leute sagen, daß dies hier mit die schönsten Buntglasfenster in England sind, aber für mich sehen selbst die Engel so aus, als hätten sie die Hühnerpest. Ich glaube, ich habe Angst davor, glücklich zu sein. Aber ich wäre gern – ich weiß nicht –, ich wäre gern etwas Nützliches."

„Na, wenn das so ist, Dick", sagte der Pfarrer, während er sich vorbeugte und Mr. Craven auf die Schulter klopfte, „warum holst du dann nicht deinen Kuli heraus und schreibst etwas für *uns* – für die Gemeinde?"

„Ich habe eigentlich nichts zu sagen – noch nicht. Außerdem –"

Nunc sagte: „Ich habe großes Verlangen nach einer Schalmei, oder eine Posaune wäre mir auch recht."

„Na, das ist mal ein Konversationsstopper", lachte Pfarrer Persimmon. „Wozu?"

„Um meine Freude vor dem Herrn, dem König, zu zeigen", antwortete Nunc, „und Dank zu sagen für die Geschichte, die Richard uns bald erzählen wird."

Wir alle schauten Mr. Craven an. Seine Augenbrauen stiegen so weit nach oben, daß sie beinahe unter seinen Haaren verschwanden.

„Geschichte?" Er kratzte sich mit der äußersten Fingerspitze am äußersten Gipfelpunkt seines Kopfes. „Momentan habe ich noch nicht einmal Ideen für mein eigenes Zeug, geschweige denn für auferbauende Moralerzählungen für die Geschwister."

„Ich würde sie vom Lesepult aus erzählen", schlug Nunc hilfsbereit vor. „Handelt sie von Leuten, die nicht mit dem zufrieden sind, was sie sind?"

„Sie handelt von überhaupt nichts, weil sie nicht existiert", sagte Mr. Craven wild. „Ich habe keine Ahnung, wovon du redest!"

„Ich glaube", warf der Pfarrer ein, „vom Lesepult aus würde es sich sehr gut machen, du hast ganz recht, Nunc. Meinen Sie nicht auch, Dot?"

Dot nickte besorgt.

„Hartley?“ Jetzt fragte der Pfarrer mich.

Ich merkte, daß Nunc wieder zu leuchten anfing, und irgendwie wußte ich, wir *würden* eine Geschichte zu hören bekommen.

„Ja“, sagte ich. Ich räusperte mich. „Ich glaube, Mr. Craven, wenn Sie sich ans Lesepult stellen würden, wären Sie in der Lage, uns eine vorzügliche Geschichte zu erzählen.“

Ich glaube, Mr. Craven war drauf und dran gewesen, etwas sehr Wütendes zu sagen, aber nachdem ich gesprochen hatte, saß er eine kleine Weile lang vollkommen still da, die Hände flach auf die Knie gelegt. Dann stand er auf und ging langsam hinüber zu dem Lesepult mit dem großen Messing-Adler darauf, beugte sich darüber und sagte: „Sind Sie sicher, Hartley?“

„Oh ja“, sagte ich, obwohl ich mir jetzt fürchterlich unsicher war, „eine vorzügliche Geschichte . . .“

Mr. Craven hob seine Augen zu den großen, gestrichenen Orgelpfeifen am Ende der Kirche empor, gab einen tiefen Seufzer von sich, ließ die Hände vor dem Lesepult mit lose verschränkten Fingern herabhängen und begann uns eine Geschichte zu erzählen.

Es war Mitternacht in der psalmenweichen Dunkelheit der Pfarrkirche, einer Kirche, die dieser hier nicht unähnlich war. Nur ein schwacher Schein von einer Straßenlaterne drang von außen durch ein Buntglasfenster in der südlichen Wand. Das Licht reicht gerade aus, um zu vermeiden, daß man mit irgend etwas zusammenstieß – das heißt, falls jemand dagewesen wäre, der mit etwas hätte zusammenstoßen können. Der Tageslichtprojektor beschwerte sich wieder einmal.

„Ich will kein Tageslichtprojektor sein! Ich wollte noch nie ein Tageslichtprojektor sein! Ich fühle mich nicht wie ein Tageslichtprojektor! Jedesmal, wenn ich eingeschaltet werde und der Strom mich durchfließt, ist mir, als würde ich etwas Großes vollbringen – etwas Wunderbares! Und was tue ich in *Wirklichkeit*? Was wird hinauf an diese große, leere, weiße, blöde Leinwand da drüben geworfen, wann immer mir jemand ohne jede Zeremonie eine von diesen schmuddeligen Folien aufs Gesicht klatscht?“

„Ich bin gerne eine Leinwand", unterbrach die Leinwand, deren Stimme nur gedämpft zu hören war, weil sie dicht aufgerollt war.

„Ich werde euch sagen, was an die Leinwand geworfen wird", fuhr der Tageslichtprojektor fort. „Es ist entweder eine Auswahl vom Vikar miserabel gezeichneter Strichmännchen vor völlig mißlungenen Hintergründen oder eine Abfolge dieser fürchterlichen Cowboylieder, die man in dieser Kirche heutzutage für Musik hält."

„Ich weiß nicht, worüber du dich beklagst", murmelte der Taufstein mit steinerner Miene. „Zumindest gibt es keinen Streit darüber, wozu du gut bist. Ich habe neunhundertundfünfzig Jahre damit zugebracht, an der theologischen Gültigkeit meiner eigenen Funktion zu zweifeln. Stell dir das einmal vor! Und überhaupt", fragte er, „was *willst* du denn sein?"

Es entstand eine Pause. Die Blumen von letzter Woche, die noch auf ein wenig Zerstreuung aus waren, bevor sie endgültig verwelkten, flüsterten: „Erzähl es uns! Erzähl es uns!"

Mit Leidenschaft und Sehnsucht in der Stimme begann der Tageslichtprojektor zu sprechen: „Ich möchte eine Orgel sein – das ist es, was ich wirklich will. Davon träume ich die ganze Zeit. Ich möchte donnernde, ehrfurchtgebietende Akkorde durch das Gebäude hallen lassen, von den tiefsten Grundfesten bis zur höchsten Turmspitze. Ich möchte die Menschen zu Tränen der Freude und der Buße rühren! Ich möchte –"

„Es ist mir zuwider, dir deine Illusionen rauben zu müssen", sagte die Orgel mit der sanften Stimme eines Cellos, „aber wenn du erst einmal zum dreiundneunzigsten Mal diese Gemeinde im Schneckentempo beim Singen von ‚Ach, mein Herr Jesu' begleitet hast, angeführt vom schwächlichen Bariton des Pfarrers wie von einem einarmigen, blinden Sherpa, dann denkst du nicht mehr an donnernde Akkorde oder daran, Leute zu Tränen zu rühren, das versichere ich dir. Außerdem werden heutzutage fast nur noch Gitarren und Metallophone eingesetzt, häufig gespielt von Leuten, denen es schwer fällt, zu glauben, daß es mehr als drei Akkorde im Universum gibt."

„Ich bin es leid, ein Pflasterstein zu sein", kam eine ziemlich flache Stimme vom Boden des Mittelganges.

„Du darfst die Leute eben nicht so auf dir herumtrampeln lassen", rief ein drei Jahre altes Exemplar der Kirchenzeitung, und ein Chorus anglikanischer Heiterkeit klang und schwebte und widerhallte durch die mitternächtliche Feierlichkeit von St. Vernon's. Doch die allnächtlichen Klagen des Tageslichtprojektors zeitigten allmählich bei allen ihre Auswirkungen. Fünfzig hölzerne Stimmen erklangen in dunkel gebeizter Harmonie:

„Wir sind es leid, uns abzunützen
und Allerwerteste zu stützen."

„Wir brauchen alle eine Alternative!" sagte der Altar.

„Ein kleiner Wechsel wäre mir schon recht", klingelte der Kollektenteller.

„Ich möchte das Glockenspiel läuten", dröhnte die größte Glocke im Turm.

„Ich will wieder benutzt werden!" quietschte ein zerfleddertes Gebetbuch von 1662. „Benutzt mich! Benutzt mich! Benutzt mich in einem Sketch über meine Nutzlosigkeit. Benutzt mich als Literatur. Benutzt mich zum Quellenstudium. Aber *benutzt* mich!"

„Ich will eine geistliche Bedeutung haben", klagte das Heizungssystem. „Ich möchte Freude ausstrahlen."

„Ich bin gerne eine Leinwand", wiederholte die gleiche gedämpfte Stimme wie zuvor. „Es gefällt mir, wenn ich herabrolle und die Leute mich anschauen."

„Ich will ein Lesepult sein!" bellte ein viktorianisches Messing-Relief.

„Das wird dir eine Lektion sein", rief der Adler vom Lesepult.

„Ich möchte gern eine zerlesene Taschenausgabe sein", sagte die riesige, mit Messingriegeln verschlossene Kirchenbibel traurig.

„Ich möchte gern reisen", blökte ein kleines Gideon-NT im Taschenformat, „und in eleganten Hotels übernachten."

„Moment mal!" rief der Tageslichtprojektor. „Ihr versteht nicht! Ihr habt alles falsch verstanden! *Ich* will mich verändern. Ich habe es zuerst gesagt. Ihr sollt alle bleiben, wie ihr seid – das gibt mir ein Gefühl der Geborgenheit. Ich hatte nie vor –“

Ein Chor von Protesten übertönte den Rest seiner Bemerkungen. In St. Vernon's herrschte das totale Chaos.

„Lieber Himmel!“ flüsterte eine unverkaufte Kirchenzeitschrift einer andern zu, „nur gut, daß die Menschen sich nicht so benehmen. Sie bekämen niemals etwas zustande . . .“

Als die Geschichte zu Ende war, klatschten wir alle, auch Nunc, und Mr. Craven ging vom Lesepult zur obersten Altarstufe und machte eine kleine Verbeugung. Als er wieder auf seinem Stuhl saß, wandte er sich an Nunc und fragte: „Nun?“

Nunc strahlte zufrieden und sah mehr denn je wie ein kleines Kind aus. „Ist es nicht allmählich Zeit für den Kaffee?“

„Ich gehe den Kessel aufsetzen“, sagte Dot.

6

Als ich später am Abend nach Hause kam, machte mir Mrs. Bletchley in der Küche einen Becher heißen Kakao und fragte mich, wie der Abend gewesen sei.

„Es war äußerst interessant und ungewöhnlich, recht herzlichen Dank, Mrs. Bletchley“, antwortete ich. „Nunc sagte, ich sei die wichtigste Person in der anglikanischen Kirche, obwohl ich das nicht glaube, daß ich es sein kann; der Pfarrer erzählte uns von seiner Sterilisation und weinte und redete dann zu einem unsichtbaren Jungen, während Nunc leuchtete; Mr. Craven war verärgert, als er sich tyrannisiert fühlte; Nunc machte ein wunderschönes Geräusch, das mich an viele verschiedene Dinge erinnerte; Dot erzählte uns, sie sei eine Jesus-Nute; und Mr. Craven entdeckte, daß er schließlich doch eine Geschichte kannte von einem Tageslichtprojektor, der eine Orgel sein wollte, und dann tranken wir

Kaffee . . . oh, und ich habe ein Bild mitgebracht, das geklebt werden muß. Pfarrer Persimmon hat es zerrissen, als er die Staffelei umstieß und ‚Mist!' sagte."

„Und das ist alles heute abend in St. Wilfred's passiert?" fragte Mrs. Bletchley.

„Ja", sagte ich, „unsere Treffen sind neuerdings immer sehr aufregend. Ich glaube, es macht einen großen Unterschied aus, wenn man einen Außerirdischen in der Gruppe hat."

„Ja, mein Lieber", sagte Mrs. Bletchley mit ziemlich schwacher Stimme, „das kann ich mir vorstellen."

Dritter Teil

Dots Bericht

1

Ich war tief bewegt und beeindruckt von Hartleys Bericht über den Abend, an dem Nunc uns jenen wunderbar harmonischen Klang hören ließ, den unsere Ohren normalerweise nicht wahrnehmen können. Hartleys präzisem Gedächtnis für Einzelheiten ist nichts Wichtiges entgangen, nicht einmal meine Arroganz und Rücksichtslosigkeit gegenüber dem guten Richard Craven, der völlig zu Recht dagegen protestierte, „tyrannisiert" zu werden. Ich sollte wirklich versuchen, diesen strengen und religiösen Ton zu vermeiden, den ich bei dieser Gelegenheit an den Tag gelegt haben muß. Freilich war ich auch sehr erfreut zu lesen, daß Hartley mich als hübsch betrachtet, auch wenn ich schon furchtbar alt bin!

Dieser Abend bleibt mir auch deshalb in Erinnerung, weil es der darauf folgende Sonntag war, an dem sich in David Persimmons Predigt eine ebenso plötzliche wie auffällige Veränderung bemerkbar machte. Trotz seiner gegenteiligen Beteuerungen wußte ich in meinem tiefsten Innern, daß David ein Kind Gottes und ein Nachfolger Jesu war, und seit seiner Ankunft in St. Wilfred's hatte ich gehofft und gebetet, er würde lernen, genügend Liebe und Vergebung für sich selbst aufzubringen, um sein Inneres vor der Gemeinde offenbaren zu können. Bis zu dem fraglichen Sonntag waren seine Predigten für einen Mann, der bisweilen zu solch explosivem Verhalten fähig ist, eigenartig formell und leidenschaftslos gewesen. Einmal während eines kleinen Abendessens in meiner Wohnung in Varney Court glaubte ich tatsächlich, der Pfarrer würde seine Einstellung zum Predigen ändern, als Richard eine parodistische Predigt im „echten Persimmon-Stil", wie er sich ausdrückte, vortrug. Richard hat mir eine Abschrift dieser vorzüglich beobachteten Karikatur zur Verfügung gestellt, und ich bin sicher, daß David keine Einwände dagegen hat, daß ich sie hier einschließe.

Möge das Gewicht meiner Hüften und die Summe all unserer Teile deiner Zunge gefällig sein, o Herr, unser Murmel, Murmel.

Schnöde Geschwister, heute abend möchte ich Ihnen einen Abschnitt aus der Schrift nahebringen, der mir stets ungemein viel bedeutet hat, und ich hoffe vom Herzen meines Grundes, daß er, wenn die Zeit erfüllt ist, Ihnen allen ebensoviel bedeuten wird, und vielleicht auch einigen unter denen, die heute abend nicht hier sind, die aber zweifellos von dem Gesagten hören werden durch diejenigen unter Ihnen, die . . . äh . . . anwesend sind, um es zu hören.

Dieser Abschnitt stammt aus dem gynäkologischen Brief, wie ich ihn immer nenne, dem Brief des Paulus an die Fallopier. Im fünfzehnten Kapitel des zwanzigsten Buches lesen wir über eine kleine Gruppe von Gläubigen, ich zitiere: „Sie gingen *hinab.*" Wunderbare Worte – sie gingen hinab. Sie gingen *hinab.* Sie gingen nicht hinauf, wie es, glaube ich, so mancher unter uns an ihrer Stelle zu tun versucht gewesen wäre. Nein, sie gingen hinab. Sie stiegen abwärts: Sie begaben sich von hier oben nach dort unten: Sie brachen an der Spitze auf und endeten im Tal: Wenn Sie so wollen, sie kehrten die Richtung ihrer senkrechten Bewegung um: Man könnte beinahe sagen, daß sie ihre Höhe veränderten: Sie gingen hinab.

Meine Frau und ich haben einen alten und lieben Freund, einen sehr lieben Freund namens Steve. Steve und ich waren während des Krieges gemeinsam in der Gemeinde St. Yorick's in der Ausbildung, als nur ein Überbleibsel der sonstigen Belegschaft dort war. Er war so etwas wie ein Experte für Kirchengeschichte, und ich war sehr gut darin, beim Sprechen die Zähne zusammenzubeißen. Und wie ich schon sagte, Steve ist ein lieber, lieber Freund, ein lieber Freund, er besucht uns häufig und bleibt lange bei uns, ein sehr lieber Freund – sehr teuer. Und der alte Steve, wissen Sie, er hat seinen eigenen Kopf, er ist sehr abenteuerlustig für einen Anglikaner. Wenn er uns zum Beispiel besucht, benutzt er immer gerne das Gästezimmer – das ist so seine Art. Und man merkt immer sofort, wenn Steve morgens aufsteht, weil er dann aus seinem Zimmer kommt! Er hat so seinen festen Ablauf – meine Frau und ich können uns endlos darüber amüsieren – heraus aus seinem Zimmer, ab ins Bad, zurück in sein Zimmer und dann hinunter zum Frühstück.

Ein Konformist? Nein!

Liebenswert? Nun, eigentlich nicht, nur teuer.

Nun, an dem Morgen, von dem ich erzählen möchte, absolvierte der alte Steve gerade den ersten Teil seiner exzentrischen Routine, und er ging über den Treppenabsatz – das ist Steves Art, zu den Stufen zu gelangen – und doch war es wiederum möglich, zu sehen, wie sich die Dinge auf außerordentliche Weise zusammenfügen, wann immer sie ... äh ... das tun. Ganz oben auf der Treppe war eine kleine, hölzerne Eisenbahn (die vermutlich mein Sohn Tommy dort zurückgelassen hatte, der damit noch kurz, bevor er zur Arbeit ging, gespielt hatte). Nun kommt also der alte Steve an, wie immer mit seinen Gedanken ganz woanders, und, meine Güte, hat der diesen Zug erwischt! Er ging ab wie der Acht-Uhr-fünfunddreißig-Non-Stop-Expreß nach Parterreland.

Mit einem ungeheuren Krachen landete Steve in der Diele. Ich werde Ihnen nicht verraten, auf welchem Teil seiner Anatomie er landete – sagen wir einfach, daß er den größtmöglichen Gebrauch von seinem verlängerten Rückgrat machte. Ha-ha-ha!

Danach spielte natürlich alles verrückt. Aber wissen Sie, mitten in der Telefoniererei, dem Lärm der Krankenwagensirenen und Steves erbärmlichem Geschrei, als er in die Unfallstation in der über-über-übernächsten Ortschaft gebracht wurde, erkannte ich, daß in all dem eine Lektion für uns alle steckte.

Als der alte Steve mit dem Fuß auf jene Holzlokomotive trat, was tat er da? Nun, in einem sehr realen Sinn ging er hinab. Er ging hinab!

Er lieferte sich unversehens der Schwerkraft aus.

Er gab seinen erhöhten Standort auf.

Er entsagte der Erhabenheit.

Er verließ die Höhe.

Wie ein geistlicher Klippenspringer stürzte er wie ein toter Adler seinem Zielpunkt entgegen – er ging hinab!

Und wir? Sind wir bereit, hinabzugehen, ungeachtet der Tatsache, daß die Menschen um uns her auf dem Weg nach oben sind? Lassen Sie uns heute den festen Entschluß fassen, daß man über uns, wenn unsere Zeit gekommen ist, dasselbe sagen wird, was auch auf der Gedenktafel für den alten Steve steht: ER GING HINAB. Amen.

Und nun singen wir Nummer eintausendneunhundertdreiundvierzig aus *Choräle aus alter und uralter Zeit*, eines dieser wirklich wunderbaren alten Lieblingslieder, die uns auch in diesem Zeitalter noch etwas ganz Besonderes zu sagen haben:

Fürwahr, in diesem Jammertale
Und sintemal die Cherubim
Statt voller sündiglich Geprahle
Geb ich mich der Erlösung hin.

Und jetzt alle zusammen! . . .

Zuerst schien es, als ob Richards Verballhornisierung auf David wirklich Eindruck gemacht hätte. Eine Zeitlang saß er ganz still da, nachdem er sich vor Lachen ausgeschüttet hatte, besonders über Richards lächerliche Choralstrophe. Dann begann er mit leiser und äußerst ernsthafter Stimme zu sprechen.

„Dick“, sagte er, „das war sehr amüsant, aber es hat mich auch gezwungen, über meine eigenen Predigten nachzudenken. Als ich gerade hier saß und zuhörte, habe ich mich an etwas aus meiner Kindheit erinnert, das wahrscheinlich – nun ja, das wahrscheinlich eine Menge zu den Problemen beigetragen hat, die ich heute habe. Darf ich dir davon erzählen?“

Ich war so erfreut über dieses Zeichen scheinbarer Verletzlichkeit bei David, daß ich völlig vergaß, welches lächerlich kindische Spielchen Richard und er immer wieder miteinander spielen. Es besteht darin, daß einer von beiden ein scheinbar ernsthaftes Gespräch anfängt, das dann aber nur wieder in irgendeine törichte Absurdität führt. Bei dieser Gelegenheit ging Richard ihm völlig auf den Leim.

„Ja, Dave", sagte er. „Hör mal, es war eigentlich nicht meine Absicht, dich mit diesem Zeug aus der Fassung zu bringen. Ich habe nur –"

David wedelte abwehrend mit der Hand. „Nein, nein, Dick, das ist schon in Ordnung. Da ist nur diese – diese Erinnerung, die plötzlich aufgetaucht ist."

Er hielt inne, während die Schmerzlichkeit seiner Empfindungen ihn vorübergehend zu überwältigen schien. Flehend schaute er in die Augen seines Freundes.

„Sprich weiter, Dave", sagte Richard, „wir hören zu."

„Nun", sagte David, der nervös mit den Fingern herumfuchtelte, während er sprach, „als ich ein Kind war, hatten wir zu Hause nicht viel Geld. Wir bekamen genug zu essen, aber alles war knapp – sehr knapp. Wir lebten im Nordwesten, und in den meisten Monaten des Jahres regnete es entsetzlich viel. Dad tat sein Bestes, aber es war einfach nicht möglich, jedem von uns Kindern eine Jacke zu verschaffen.

In unserer Schule gab es einen Jungen, Robert Dunning hieß er, der eines Tages mit einer brandneuen Regenjacke in die Schule kam. Sie war rot und blau – ich weiß es noch genau –, und sie war genau das, was ich mir immer gewünscht hatte und niemals bekommen konnte. Und während der nächsten paar Monate –" er unterbrach sich und schluckte hart – „konnte ich kaum noch an etwas anderes denken. Ich weiß, das Ganze muß euch völlig idiotisch vorkommen ..."

Er sah uns einen nach dem anderen mit den Augen eines stumm leidenden Tieres an. Wir schüttelten feierlich die Köpfe und sagten: „Oh nein, überhaupt nicht ..."

„Tag und Nacht träumte ich von dieser rot-blauen Jacke", fuhr der Pfarrer sichtlich ermutigt fort. „Ich stand vor Bekleidungsgeschäften, drückte meine Nase gegen die Schaufensterscheiben und sehnte mich nach einer neuen Jacke ganz für mich allein. Am Ende fing meine Mutter an, sich große Sorgen zu machen, und brachte mich zum Arzt. Sie erzählte ihm, daß – na ja, ihr wißt schon –, daß ich an nichts anderes mehr denken und über nichts anderes mehr reden konnte als über Regenjacken. Er stellte mir ein paar Fragen, und dann sagte er –“

David vergrub das Gesicht in den Händen, und seine Schultern hoben und senkten sich vor Gefühlen. Ich legte ihm ermutigend meine Hand auf den Arm. Er gewann die Fassung zurück und blickte wieder auf.

„Er sagte, ich leide an Anoraksia!“

Ich kann gar nicht gebührend zum Ausdruck bringen, welche Verärgerung ich über solche idiotischen Spielchen empfand und empfinde, aber ich muß zugeben, daß Richard es gut zu nehmen wußte und lediglich drohte, es David bei der nächsten Gelegenheit heimzuzahlen. Doch leider wurden Davids Predigten durch Richards Parodie nicht besser.

Doch wie ich bereits sagte, tat sich an dem Sonntag nach dem Treffen, über das Hartley berichtet hat, etwas völlig Neues auf der Kanzel von St. Wilfred's. Ich will nicht behaupten, daß die Qualität seiner Ansprache völlig ausgereift oder daß der Ton ihres Inhalts ganz nach meinem Geschmack gewesen wäre, aber sie war echt. Sie kam aus seinem Innersten und enthielt viel Wahrheit. Ich war schrecklich aufgeregt! An einige seiner Bemerkungen kann ich mich immer noch erinnern:

Im Brief des Paulus an die Epheser lesen wir, daß wir die ganze Waffenrüstung Gottes anziehen sollen. Sie besteht aus dem Panzer der Gerechtigkeit, dem Schild des Glaubens, dem Helm des Heils und dem Schwert des Geistes. Ich will mir keineswegs anmaßen, dem Apostel zu widersprechen, aber ich muß Ihnen sagen, liebe Freunde, daß ich diese Stücke gegenwärtig nicht in meinem geistlichen Kleiderschrank finde. Ich wünschte, sie wären dort. Ich bete, daß sie dort sein werden. Ich sehne mich danach, einmal ein nützliches Werkzeug zu sein. Doch im Augenblick finde ich in meinem Kleiderschrank nur die Hemdbrüste der Erschöpfung, die Knickerbokker der Gleichgültigkeit, die langen Unterhosen der Lüsternheit, die Röhrenhosen der Trunkenheit und die Fellmütze der Verwirrung. Ich trage all diese Kleidungsstücke gleichzeitig und komme mir völlig erbärmlich und lächerlich vor, aber ich bin jetzt ernsthaft auf der Suche nach einem neuen Stil . . .

Er kam auch ausdrücklich auf seinen eigenen Predigtstil zu sprechen.

Mir ist durchaus bewußt (verkündete er), daß ich in meinen Predigten bisher entweder zu langweiliger Auslegung oder zum aufgeblasenen Zeugnis neige. Doch jetzt bin ich zu dem Schluß gekommen, daß langweilige Auslegungen langweilig sind und daß ein aufgeblasenes Zeugnis wie eine fürchterliche Krankheit klingt. Ich habe vor, bei der ersten sich bietenden Gelegenheit die Luft aus meinem aufgeblasenen Zeugnis herauszulassen. Was immer dann noch übrig ist, wird vermutlich die Wahrheit sein, eine Wahrheit, die manche von Ihnen vielleicht sehr enttäuschend finden werden – ich selbst zweifellos auch. Ich beabsichtige, Jesus einzuladen, die altbackenen Brote und vertrockneten kleinen Fische meines Lebens zu nehmen und sie Sonntag für Sonntag an Sie zu verteilen, wobei ich sicher bin, daß jedesmal genug übrig bleiben wird, das ich mit nach Hause nehmen kann. Um Ihre unausgesprochenen Fragen zu beantworten: Ich bin nicht darauf aus, morgen früh die Kirchenbänke herauszureißen und in der Kirche einen Tanzboden zu errichten, und ich habe auch nicht Graham Kendrick in mein Leben eingeladen. Ich würde einfach nur gern etwas ehrlicher und nützlicher sein . . .

Er beschloß seine außergewöhnliche Ansprache mit den folgenden Worten:

Ich möchte schließen, indem ich sage, daß ich ein Feigling bin. Ich bin ein Feigling in vielen Bereichen, aber besonders, wenn es darum geht, meine armseligen Glaubenskrümel mit anderen zu teilen. Beten wir um den Mut, mit unserer Armut großzügig zu sein. Unsere Kirche sieht viel zu unbewohnt aus, und wir, die wir darin leben, sind uns selbst oft ein Problem. Beten wir um den Mut, uns diesem Problem zu stellen. Amen.

Leider konnte ich nach dem Gottesdienst nicht zum Kaffee bleiben, aber ich spürte, daß die Reaktion der Gemeinde alles andere als einmütig war. Die Kommentare und Bemerkungen des Pfarrers landeten wie ein plötzlicher Regenschauer auf den Anwesenden. Einige fanden das erfrischend, andere schnappten nach Luft, und wieder andere waren zornig darüber, so unerwartet mit etwas begossen zu werden, das nach meiner Überzeugung lebendiges Wasser war.

2

Ich bin gebeten worden, einen Bericht über das Gruppentreffen an dem Donnerstag zu schreiben, der auf diese Predigt folgte, und ich tue das besonders gern, weil ich, wie der gute Hartley eine Woche zuvor, weitaus früher als üblich in der Kirche eintraf, um mit Nunc ein paar Worte unter vier Augen zu wechseln.

Wie ich Nunc liebte! Obwohl ich ihn nur für ein paar kurze Wochen kannte, wurde er mir zu einem lieben Freund, einem geschätzten Ratgeber und auch (da Vincent und ich nicht das Glück hatten, eigene Kinder zu bekommen) zu einem Kind, das wirklich der Liebe und Fürsorge zu bedürfen schien, die ihm von der kleinen Gruppe, die das Vorrecht hatte, in engem Kontakt zu ihm zu stehen, auf unzureichende Weise entgegengebracht wurde. Was die Fremdartigkeit seines Äußeren und seiner Herkunft anbelangt, so kann ich nur sagen, daß ich schon nach meiner ersten Begegnung mit ihm das Gefühl hatte, als hätte ich Nunc schon immer gekannt.

An jenem Abend betrat ich die Kirche um genau Viertel nach sechs durch den Vordereingang, und ich konnte zuerst keine Spur von Nunc entdecken. Nachdem ich den Kirchenraum selbst ohne Erfolg durchsucht hatte, nahm ich den Schlüssel zum angrenzenden Saal von seinem Haken im Sicherungskasten und schloß die

Verbindungstür auf. Nunc saß allein an einem der quadratischen Klapptische, auf denen nach den Gottesdiensten und den Versammlungen in der Woche immer der Kaffee und die Kekse aufgestellt werden. Er schien in ein ernstes Gespräch mit einem unsichtbaren Partner auf der anderen Seite des Tisches vertieft zu sein. Ich wartete schweigend.

„Wie geht es uns?“ sagte Nunc gerade. „Mein Name ist nicht Nunc, und ich bin nie irre gegangen oder von seinen Wegen abgewichen. Ich bin ein Schaf, das sich nie verirrt hat. Ich bin übrigens kein Außerirdischer. Wer ist der Pfarrer Persimmon oder Dot oder Richard oder Hartley? Ich kenne sie nicht. Nigel Forsyth ist ein guter Mann, der den Pfarrer, den ich nicht kenne, ständig mit dem Tau seines Segens benetzt. Ich mag den Pfarrer auch nicht. Vor allem mag ich Dot und Hartley nicht. Sie bedeuten mir nichts. Ich will sie jetzt nicht sehen. Ich will nicht wissen, wie es euch geht. Ich will nicht nach Hause ...“

Nunc hörte auf zu sprechen. Zwei riesige Tränen blähten sich langsam in seinen Augen auf wie glänzende Blasen, die aus seinem Kopf heraus aufgeblasen wurden; dann platzten sie mit einem „POP!“ und rannen langsam an seinen Wangen herab.

„Oh, Dot!“ sagte er, als er sich zu mir umdrehte. „Ich habe gerade versucht, herauszufinden, was für ein Gefühl es ist, ein menschliches Wesen zu sein, aber als das Wort ‚zu Hause‘ aus meinem Mund kam, wünschte ich, ich hätte ihn nie aufgemacht. Ich brauche ein bißchen Liebe, Dot.“

Voll rührenden Vertrauens auf die Wärme meiner Reaktion streckte Nunc seine Arme nach mir aus wie ein kleines Kind, das sich die Knie aufgeschürft hat. Einen furchtbaren Moment lang war ich nahe daran, ihn im Stich zu lassen. Seit Vincents Tod hatte ich körperliche Zeichen der Zuneigung ziemlich gefürchtet und gemieden, vielleicht weil ich meinte, sie könnten einen Ausbruch der Trauer auslösen, der, wenn ich ehrlich bin, schon lange überfällig war. Ich muß wahrhaftig sein und daher zugeben, daß meine unmittelbare Reaktion ein starkes Element der Verärgerung enthielt. Ich war in der Absicht, mich bei Nunc auszusprechen, früher in die Kirche gekommen. Ich brauchte Trost, aber nun wurde ich gebeten, einen anderen zu trösten. Es kam mir unfair vor.

Glücklicherweise konnte ich diesen unwürdigen Impulsen widerstehen (ich war immer der Ansicht, daß Gehorsam das Tor zur Liebe ist), und ich bin Gott so dankbar dafür. Als ich mich bückte, um Nunc zu umarmen, und er sein Gesicht in meiner Schulter vergrub, passierte etwas Außerordentliches.

Ich fand mich auf dem Friedhof einer kleinen Kirche in Sussex wieder, die Vincent und ich während unserer jährlichen Ferienaufenthalten in einem kleinen Hotel nördlich von Eastbourne immer sehr gerne besucht hatten. Jetzt jedoch ging ich einen schmalen Kiesweg entlang, der sich um die Westmauer dieser freundlichen kleinen Anbetungsstätte herumschlängelte, die uns während unserer Ferien so ans Herz gewachsen war. Alles war genauso, wie ich es in Erinnerung hatte, bis ich zu der alten Eibe kam, deren Beeren, wie Vincent nie müde wurde, mich zu informieren, „tödlich giftig" waren. Am Fuß des knorrigen alten Stammes stand ein Grabstein, der früher gewiß noch nicht hier gewesen war; und überhaupt stand er nicht an einer Stelle, wo man unter normalen Umständen ein Grab anzulegen versuchen würde.

Obwohl es ein klarer und sonniger Tag war, herrschte unter den überhängenden Ästen des alten Baumes eine solche Finsternis, daß ich die Inschrift auf dem Stein vor mir zunächst nicht entziffern konnte. Ich ging ein paar Schritte vorwärts, ließ mich auf ein Knie nieder und betrachtete aus nächster Nähe die Worte, die in die schwarze, glänzende Oberfläche eingemeißelt waren:

VINCENT HAROLD JENKINS
GEBOREN AM 16. APRIL 1910
GESTORBEN AM 5. AUGUST 1988
ER IST ANDERSWO

Als ich diese Worte las, fiel der Schatten einer überwältigenden Trauer und Verlassenheit in mein Herz, und ich wandte mich von dieser schrecklichen Botschaft ab, kehrte auf den Weg zurück und setzte meinen Rundweg um das Gebäude fort. Gleich zu meiner

Rechten erschien nun der Anblick, auf den Vincent und ich uns in unserer kindlichen Art immer ungemein gefreut hatten. Die Südseite der Kirche war von Büschen und hohen Bäumen in solcher Üppigkeit umgeben, daß man an dieser Stelle des Weges beinahe den Eindruck hatte, durch einen düsteren Tunnel zu schreiten. Doch in das dichte Grün, das eine der Wände des Tunnels bildete, war ein Durchgang geschnitten worden, in dem Platz für einen niedrigen hölzernen Zauntritt war, über den Spaziergänger auf die andere Seite gelangen konnten. Jenseits des Durchgangs eröffnete sich der Blick auf eine wunderschöne Wiese voller langstieliger Butterblumen, die sich sanft hinabwellte zu einem schläfrigen Fluß im Talgrund. Vincent und ich sagten immer, daß dieser strahlende, juwelengleiche Anblick des blauen Himmels, des grünen Grases und der goldenen Butterblumen, der sich wie das Bild einer Laterna magica von dem dunklen, blättrigen Hintergrund abhob, ein kurzer Blick in den Himmel war.

Traurig stieg ich über den Zauntritt, wie ich es schon so oft getan hatte, nur daß diesmal kein Arm da war, auf den ich mich beim Herabsteigen stützen konnte, und niemand war da, mit dem ich diesen vollkommenen Tag teilen konnte. Ich ging ein paar Schritte weit durch das hohe Gras und blieb stehen, als der Talgrund in Sicht kam. Eine große Schar von Menschen hatte sich am Flußufer versammelt, und sie picknickten gemächlich im warmen Sonnenschein oder dösten lang ausgestreckt zwischen den Butterblumen. Ich fühlte mich entfremdeter und einsamer denn je beim Anblick dieser glücklichen Leute, die weniger als hundert Meter von mir entfernt die Gemeinschaft miteinander genossen.

Ich wollte mich gerade abwenden, als meine Aufmerksamkeit plötzlich von einem der Männer gefesselt wurde. Er saß mit dem Rücken zu mir am Fuß einer Eiche, deren Schatten Vincent und ich oft genossen hatten. Etwas an der Form seiner Schultern und der Neigung seines Kopfes erinnerte mich so stark an Vincent, daß ich einen Moment innehielt und im Geist mit der Vorstellung spielte, daß sich der Mann sogleich umdrehen und mir lächelnd zuwinken und rufen würde: „Dotty, mein Liebling!“ – so wie es Vincent vielleicht getan hätte. Dann blickte der Mann zur Seite, so daß ich sein Profil sehen konnte, und mir blieb schier das Herz stehen. Es war Vincent! Es *mußte* Vincent sein! Man lebt nicht fünfzig Jahre mit einem Mann zusammen und vergißt dann, wie sein Gesicht aussieht. Ich konnte mich nicht von der Stelle rühren.

„Vincent", flüsterte ich, so leise, daß er mich unmöglich hören konnte, „Vincent, ich bin's – Dotty."

Als ob er mich ganz deutlich gehört hätte, drehte sich der Mann zu mir um und schaute mir voll ins Gesicht. Der letzte Zweifel verschwand. Es war Vincent – fit und gesund und entspannter, als ich ihn je gesehen hatte. Er zeigte nicht die geringste Überraschung, mich zu sehen. Er lächelte nur und nickte, als ob er mit meinem Auftauchen gerechnet hätte, und dann wandte er sich mit einem freundlichen Winken wieder ab, legte die Handgelenke auf die Knie und blickte über das Tal hinweg. Ich streckte beide Arme aus und trat einen Schritt auf die sitzende Gestalt zu, doch im gleichen Augenblick fand ich mich im Gemeindesaal von St. Wilfred's wieder, wo ich in ziemlich verwirrter Verfassung einen Außerirdischen umarmte.

3

„Bist du irgendwo gewesen, Dotty?" fragte Nunc schniefend, als ich mich aus unserer Umarmung löste und mich ihm gegenüber auf den Stuhl setzte, den eben noch sein eingebildeter Gesprächspartner eingenommen hatte.

„Warum nennst du mich Dotty, Nunc?" Ich reichte ihm ein Taschentuch aus meiner Handtasche. „Niemand hat mich je Dotty genannt außer . . ."

„Außer?"

Er schaute mich mit weiten, harmlos interessierten Augen an.

„Außer Vincent, meinem Mann. Nunc, ich bin heute abend

früher gekommen, weil ich mit dir über eine große Sorge sprechen wollte, die ich habe. Ich gehöre zu einer Generation, der es nicht leicht fällt, über persönliche Dinge zu reden, aber ich glaube, daß wir berufen sind, unsere Lasten miteinander zu teilen, und ich – nun ja, ich hatte das Gefühl, daß du mir vielleicht irgendwie helfen könntest. Gerade eben, als ich . . . äh . . ."

„Als du irgendwo warst?"

„Ja, als ich irgendwo war, glaube ich, daß mir die Antwort auf eine Frage zuteil wurde, die mich beunruhigt hat, aber ich muß gestehen, daß diese Antwort mich verwirrt. Weißt du, ich bin ein wiedergeborener Christ, aber –"

„Gibt es denn noch eine andere Art von Christen, Dot?" fragte Nunc.

„Wie bitte?"

„Vielleicht irre ich mich", sagte Nunc, „aber den Worten eures Gründers entnehme ich, daß das Reich Gottes *nur* denjenigen offensteht, die von neuem geboren wurden. Stimmt das nicht?"

„Nun, ja, du hast natürlich absolut recht, aber heutzutage ist dieser Ausdruck mit Assoziationen wie wildem Scheuklappen-Fanatismus belastet, und es ist einem beinahe peinlich, so genannt zu werden. Trotzdem, das ist es, was ich bin, und ich danke Gott dafür. Es hat einen hohen Preis gekostet – für ihn. Ich bin 1935 Christ geworden, im Jahr meiner Hochzeit, während einer Evangelisation in unserer Pfarrkirche. Ich war schlicht und einfach völlig niedergeschmettert vom Bewußtsein meiner eigenen Sünde, und hinterher konnte ich mich vor Freude kaum fassen, als ich erfuhr, daß durch das Blut Jesu meine Sünde vergeben und ich erlöst war. Eine ziemlich altmodisch orthodoxe Erfahrung, fürchte ich, aber eine sehr echte und dauerhafte. Vincent hat mir immer versichert, daß er eine ähnliche Bekehrung erlebt hätte, aber, wie er sagte, auf eine viel stillere Weise. Doch im Laufe der Jahre . . ."

„. . . zweifeltest du daran."

„Ja, ich zweifelte daran."

Es war das erste Mal, daß ich überhaupt mit jemandem über meinen Zweifel sprach, von einem Außerirdischen ganz zu schweigen. Ich nahm ein Foto aus meiner Handtasche und legte es vor

Nunc auf den Tisch. Ich spürte, wie meine Stimme ein wenig zitterte, als ich weitersprach.

„Vincent war ein sehr guter Mann, Nunc, sehr streng mit sich selbst und mit sehr hohen Grundsätzen. Als er ein Junge war, hatte man ihn gelehrt, daß einem nichts passieren kann, wenn man tut, was einem gesagt wird, und die Obrigkeit respektiert. Harte Arbeit führt zum Erfolg, ehrlich währt am längsten, echte Männer weinen nicht, hilf dir selbst, dann hilft dir Gott – schon früh in seinem Leben brachte er seine Prinzipien in Position wie ein Soldat und überprüfte sie später allenfalls wie ein General seine Truppen. Eine Veränderung oder mehr Flexibilität kam nie in Frage. Mir gegenüber war er großzügig und auch gegenüber anderen, die er liebte oder achtete, aber hatte wenig bis gar keine Geduld mit Gesetzesbrechern, Landstreichern oder Versagern. Das, was man war, wurde man durch Anstrengung oder mangelnde Anstrengung, und mehr gab es dazu nicht zu sagen."

„War er wirklich so?" fragte Nunc.

„Ich weiß, daß in meinem Mann ein verstörter kleiner Junge steckte, Nunc. Einmal, als er erst sechs Jahre alt war, kam es in seiner Familie zu einem Bruch. Vincent wurde aufs Land geschickt, wo sich Leute um ihn kümmerten, die er noch nie zuvor gesehen hatte. Er hatte keine Ahnung, warum er dorthin mußte, wie lange er dort bleiben würde oder wann er wieder ein vertrautes Gesicht sehen würde. Und da man ihm beigebracht hatte, sich wie ein kleiner Soldat zu benehmen, weinte er nicht ein einziges Mal während der ganzen elf Monate, die er dort verbrachte. Dann ging er nach Hause zurück."

Ich griff nach dem Foto und studierte es, während ich weitersprach.

„Ich glaube, die – Verwirrung, die dieses Jahr der Trennung von zu Hause bei Vincent auslöste, hat ihn nie wieder verlassen. Sie verlieh ihm eine Zartheit, die nur sehr wenige Menschen wahrnahmen. Ich nahm sie wahr – ich liebte sie. Er *war* ein guter Mann, aber . . ."

„Aber er war kein Christ?"

Ich steckte das Foto vorsichtig zurück in meine Handtasche.

„Ich habe mir immer Sorgen gemacht, daß er es nicht wäre. Das hat meinen Schmerz über seinen Tod durch Krebs vor drei Jahren sehr vergrößert. Deshalb war ich gerade eben überrascht, als ich zu der Überzeugung kam, daß Vincent – in Sicherheit ist und daß ich ihn wiedersehen werde. Begeistert natürlich, aber auch überrascht."

Mehr als eine Minute lang saßen wir schweigend da. Irgendwo in der Ferne öffnete und schloß sich eine Tür. Hartley erwähnte in seinem Bericht über das Treffen der vorausgegangenen Woche die eigentümliche Art und Weise, wie Nunc manchmal leuchtete. Er äußerte dabei die ganz vernünftige Vermutung, daß diese Erscheinung immer dann auftrat, wenn Nunc betete, und es mag durchaus so gewesen sein, wenn ich auch nie gehört habe, wie Nunc selbst es so erklärte. Wie dem auch sei, es geschah auch jetzt wieder, und er leuchtete immer noch, als der Pfarrer durch die Verbindungstür zur Kirche gepoltert kam.

„Da seid ihr also!" sagte er laut. „Ihr wollt euch wohl vor mir verstecken, was?"

Er schleifte sich einen Stuhl über den Fußboden heran und ließ sich mit viel Gerutsche und Geschiebe und Schnaufen und Pusten am Tisch nieder. Ich habe David Persimmon sehr gern, aber er hat nicht gerade ein feines Gespür für atmosphärische Dinge.

„Weißt du was, Nunc?" sagte er. „Falls du je genug davon haben solltest, ein Außerirdischer zu sein, kannst du dir deinen Lebensunterhalt immer noch als wandelnde Tischlampe verdienen. Wovon ist die Rede?"

„David", sagte ich, „könnten wir bitte für einen Moment auf diesen witzelnden Tonfall verzichten? Es ist gerade etwas passiert – vielleicht werde ich bei anderer Gelegenheit in der Lage sein, es Ihnen zu schildern –, und es schien mir anzudeuten, daß Vincent – daß er bei Jesus in Sicherheit ist. Ich habe Nunc gesagt, daß meine Freude mit Verwirrung gemischt ist. Ich weiß, daß Gott immer gnädig ist und uns gern entgegenkommt, wenn wir uns ihm nähern, aber wenn ich ehrlich bin, habe ich nicht geglaubt, daß Vincent jemals wirklich einen solchen Versuch gemacht hätte, sich Gott zu nähern, oder Gottes Liebe zu ihm begriffen hätte."

„Also sollte er unten an dem anderen Ort sein, was?"

„David, ich kann meine Bibel nicht dazu zwingen, die Dinge zu sagen, die ich von ihr gerne hören möchte."

„Wirklich nicht? Die meisten Leute haben damit keine Schwierigkeiten, Dot. Lassen Sie lieber nicht den alten Dick dieses Stück Theologie hören. Verglichen mit ihm wirkt ein durchschnittlicher Allversöhner wie Calvins Enkel. Aber wissen Sie, Dot . . ."

Der Pfarrer begann, mit einer Fingerspitze wild und rhythmisch auf dem Tisch herumzutrommeln und mit der anderen Hand sein Gesicht zu kneten, als wollte er seine Züge neu modellieren. Ich wartete. Schließlich legte er beide Hände flach auf den Tisch, starrte sie einen Moment lang an und sprach dann.

„Dot, irgend etwas ist mit Vincent geschehen." Er machte eine Pause. „Ich habe während jener letzten Monate eine Menge Zeit mit Ihrem Mann verbracht, wie Sie wissen. Der störrische alte Kerl ist mir richtig ans Herz gewachsen."

Ich lächelte bei der Erinnerung. Vincent hatte David geliebt. Er brachte ihn zum Lachen und war niemals sentimental oder tragisch. Aber jetzt hörte ich zum ersten Mal davon, daß etwas „geschehen" sei. Ich war ziemlich nervös.

„Ich werde Ihnen jetzt etwas erzählen, Dot, das ich auf Vincents Bitte hin bisher für mich behalten habe. Nein, keine Sorge – er war nicht am Handel mit weißen Sklaven beteiligt. Es geht um etwas, das nach seiner zweiten Operation mit ihm passiert ist. Wie gesagt, er hat mich gebeten, es für mich zu behalten, aber" – ich bemerkte, daß er Nunc, der jetzt nicht mehr leuchtete, einen Blick zuwarf – „ich glaube, jetzt würde er wollen, daß ich es Ihnen sage, also werde ich es tun.

Vincents zweite Operation war an einem Donnerstagabend, und am folgenden Tag besuchte ich ihn im Krankenhaus. Sie selbst hatten ihn noch nicht sehen dürfen, aber aus irgendeinem schwachsinnigen Grund meinen die Leute im Krankenhaus immer, daß es die Patienten nicht stört, wenn sie von Geistlichen verfolgt werden, und so ließen sie mich hinein. Vincent lag in einem Bett ungefähr auf halbem Weg durch die Station – wissen Sie noch? – und angesichts dessen, was er durchgemacht hatte, sah er nicht allzu schlecht aus. Aber kaum hatte ich mich über seine Weintrauben hergemacht und neben ihn gesetzt, als der arme alte Kerl in Tränen ausbrach. Wumm! Einfach so.

Als er sich ein bißchen beruhigt hatte, sagte er, er hätte eine Art ‚Erfahrung' gehabt, von der er mir erzählen wollte, aber immer, wenn er versuchte, davon zu sprechen, bekam er einen Kloß im Hals, so daß es ziemlich lange dauerte, bis alles heraus war. Folgendes war passiert – die Klöße lasse ich aus.

Als der alte Vince an jenem Abend aus dem OP kam, fühlte er sich wund, erschöpft, zornig und ängstlich. Als ob es noch nicht schlimm genug wäre, hatte man in das Bett unmittelbar gegenüber von ihmeinen neuen Patienten gelegt, der in einem wirklich furchtbaren Zustand war. Vince glaubte, daß man ihn auf der Straße aufgesammelt hatte, denn er war völlig verdreckt und mit Geschwüren und Schorf und anderen unaussprechlichen Dingen bedeckt. Er war nackt und lag völlig unbedeckt da, nachdem er seine Bettdecke heruntergestrampelt hatte, und um das Bild vollständig zu machen, schrie und fluchte und brüllte er ohne Pause. Kurz, ein echter Charmeur.

Vince sagte, er hätte noch nie eine solche Mordlust verspürt. Ausgerechnet in dieser Zeit so jemandem gegenüberliegen zu müssen, war fast mehr, als er ertragen konnte. Weit davon entfernt, für seinen Mitpatienten christliche Barmherzigkeit zu empfinden, meinte Vincent, wenn er die Kraft gehabt hätte, aufzustehen und zu dem anderen Bett hinüberzugehen, so hätte er dem Elend dieses Mannes ein Ende gemacht. Ein wohlgezielter Schlag mit der Bettpfanne, und die Sache wäre erledigt gewesen. Außerdem war das genau die Sorte, wenn ich das sagen darf, Dot, die Vince unter keinen Umständen ertragen konnte. Ein hoffnungsloser Parasit, ein nutzloses Mitglied der Gesellschaft, wahrscheinlich auch noch Alkoholiker, pure Zeitverschwendung, sich mit so etwas abzugeben. Er verabscheute und haßte ihn.

Nun, in dieser Nacht war die Belegschaft in Vincents Station ein wenig dünn besetzt, und es dauerte einige Zeit, bis die Nachtschwester dazu kam, sich um den neuen Patienten zu kümmern. Sie war ein kräftiges Mädchen, diese Schwester, und Vince beobachtete mit echtem Genuß, wie sie die Vorhänge um den Mann gegenüber zuzog. „Jetzt kriegt er sein Fett!“ sagte sich Vince, „die wird’s ihm geben!“

Nun traf es sich, daß die Vorhänge am Bett des wilden Mannes nur an den Seiten zugezogen waren, so daß Vince alles sehen konnte, was drüben passierte. Er sagte, es sei wie ein kleines Privattheater gewesen, eigens dafür eingerichtet, damit er sehen konnte, was geschah.

Also, diese muskulöse Dame ging hinein, aber anstatt wütend und aggressiv gegen den Burschen zu werden, setzte sie sich auf den Bettrand, nahm ihn wie ein Baby in ihre Arme und fing an, ihm vorzusingen und seinen Kopf zu streicheln und mit ihm zu reden, als ob niemand auf der Welt ihr soviel bedeutete wie er. Und das tat sie so lange, bis er einfach still dalag, mit seinen Geschwüren, seinem Schorf und allem, eingehüllt in ihre mächtigen Arme. Und wissen Sie, was Vincent tat, Dot? Er weinte – er brach in seinem Bett auf der anderen Seite der Station zusammen und weinte wie ein Baby. Er weinte über die Härte seines Herzens und über seine Intoleranz, und am meisten – am meisten weinte er, weil er in dieser Bettnische gegenüber gesehen hatte – und das waren *seine* Worte: Er hatte zum ersten Mal gesehen, daß Gott *ihn* liebte und daß er von innen genauso verschorft war wie der Mann gegenüber von außen. Er war wie ein kleiner Junge, Dot, genau wie ein kleiner Junge.“

„Wie ein kleiner Junge von sechs Jahren“, flüsterte ich, als David fertig war. „Lieber Vincent – ich frage mich, warum er es mir nie erzählt hat.“

David runzelte die Stirn und schüttelte unsicher den Kopf.

„Schwer zu sagen, Dot. Meine eigene Vermutung ist, daß er dachte, eine kurze geistliche Erfahrung zähle nicht viel gegenüber Ihren paarundfünfzig Jahren Bibelschwingerei, und so vergrub er sie und behielt sie für sich. Und natürlich nahm er sie auch mit sich, als er ging.“

Ich war so froh, daß ich David nicht einmal dafür tadelte, daß er meinen Weg mit Jesus durch ein halbes Jahrhundert als „fünfzig Jahre Bibelschwingerei“ bezeichnet hatte. Ja, ich war ihm so dankbar, daß ich ihn, fürchte ich, ziemlich in Verlegenheit brachte, indem ich ihm einen herzhaften Kuß auf die Wange drückte. Eine Frage von Nunc bewahrte mich vor seiner unvermeidlichen frotzelnden Reaktion.

„Was ist Bibelschwingerei, Dot, und warum hast du das fünfzig Jahre lang gemacht?"

„Viel zu kompliziert zu beantworten! Mist!" rief David, als er aufsprang und dabei seinen Stuhl umwarf. „Gehen wir die Stühle aufstellen."

Manchmal kann David ziemlich energisch sein.

4

„Woran hast du in letzter Zeit gearbeitet, Dick?" fragte der Pfarrer wenig später, als wir alle in der Kirche zusammensaßen. „Warte mal, ich glaube, ich weiß noch die Titel deiner letzten paar Bücher. *Die Sternenkrieger von Drenkel III*, das war das erste, nicht wahr? Dann kam *Sternenkrieger von Drenkel III kennen keinen Schmerz*, nicht zu vergessen *Schlafende Sternenkrieger von Drenkel III soll man nicht wecken.* Und mein persönliches Lieblingsbuch *Der Friedhof der Sternenkrieger von Drenkel III.* Und was hast du jetzt in Arbeit? Vielleicht *Wenn Sternenkrieger von Drenkel III doch nur reden könnten*? Und danach, nehme ich an, erwartet uns –"

„Darf ich fragen, David", fragte Richard unbeirrt würdevoll, „ob dieser schwerfällige Humor ein weiterer Versuch deinerseits ist, mich davon zu überzeugen, daß ich meine literarische Aufmerksamkeit einem geistlichen Thema zuwenden sollte?"

„Ja", sagte der Pfarrer, „genau, nur daß ich es nicht so geschwollen ausgedrückt hätte."

„David", warf ich behutsam ein, „haben Sie eigentlich eines von Richards Büchern gelesen?"

Richard schüttelte den Kopf. „Das glaube ich kaum, Dot."

„Nun hör mal, Dick, ich kann dir ohne den kleinsten Anflug von Unehrlichkeit sagen, daß ich jedes einzelne Wort in deinen Büchern gelesen habe –"

„Hör schon auf! Du hast nie im Leben –"

„Freilich nicht in der Reihenfolge, in der du sie geschrieben hast, wenn du verstehst, was ich meine . . ."

„Außerdem", sagte Richard, „hat er nicht die geringste Ahnung von Science-fiction als Genre. Er hält Kurt Vonnegut jr. für einen bayrischen Steptänzer, stimmt's, Dave?"

„Ich weiß nicht einmal, was ein Genre ist", antwortete David, wobei er so melancholisch dreinblickte, daß ich mir das Lachen einfach nicht verkneifen konnte.

„Dot mag darüber lachen, aber es ist nicht leicht, wenn man so veranlagt ist wie ich. Ich bin sehr enttäuscht von meinem Gehirn. Es ist offenbar nicht in der Lage, sich länger als zwei Minuten auf etwas zu konzentrieren, wovon es nicht augenblicklich gefesselt ist. Und für Science-fiction habe ich mich sowieso noch nie sonderlich interessiert. Ich komme gerade so weit, zu erfahren, daß Elmed Brarg, der Hüter von Zim, die übermächtigen Vorganer zu einem galaktischen Krieg herausgefordert hat, und mehr kann ich einfach nicht ertragen. Das ist sicher mein Fehler, aber so ist es nun einmal."

Richard schlug vor Entrüstung mit der flachen Hand auf die Seite seines Stuhls.

„Das ist doch nur eine lächerliche Karikatur, Dave", sagte er. „Dieses ‚Hüter-von-Zim'-Zeug hat mit meinen Büchern ungefähr soviel zu tun wie der Papst mit gewissen britischen Hauskreisleitern . . ."

An dieser Stelle kam der gute Hartley, der mit einem höchst verwirrten Gesichtsausdruck schweigend zugehört hatte, sichtlich zu dem Schluß, es sei an der Zeit für eine intelligente Frage.

„Mr. Craven", sagte er und beugte sich auf seinem Stuhl vor, „was ist denn der Unterschied zwischen dem Papst und einem britischen Hauskreisleiter?"

„Oh, sie sind vollkommen verschieden, Hartley", antwortete

Richard. „Der Papst ist ein Alleinherrscher, der über ein Imperium von Menschen regiert, von denen viele voll naiven Vertrauens ... nun ja, also, vielleicht ist der Unterschied gar nicht so groß, wenn man es recht bedenkt. Trotzdem –"

„Du hast fünf Jahre darauf gewartet, daß jemand dir diese Frage stellt, stimmt's, Dick? Gib es schon zu!" Der Pfarrer lehnte sich auf seinem Stuhl zurück und lachte laut.

„Trotzdem!" beharrte Richard lächelnd. „Selbst wenn ich einen anderen Vergleich heranziehen muß, bleibt die Tatsache bestehen, daß anspruchsvolle Science-fiction so subtil und bedeutsam sein kann wie jede andere Art von Literatur. Arthur C. Clarke –"

„Wie heißt der Mann? Arthur C. Quark?" unterbrach David und fügte, als unsere Blicke sich trafen, bußfertig hinzu: „Tut mir leid, Dot." Ich kann solche albernen Witzchen nicht ausstehen.

„Also schön", sagte Richard, „lassen wir das mit den rationalen Argumenten. Es ist offensichtlich nur Zeitverschwendung. Sieh mal, Dave, ich wollte dir das eigentlich nicht sagen, aber ich habe tatsächlich ein wenig über ein Thema recherchiert, das mit der Kirche zu tun hat. Ich wollte dir nichts davon erzählen, weil ich wußte, daß du daraufhin nur dreiundzwanzig schlechte Witze von dir geben würdest, daß ich mich für den neuen C. S. Lewis halte oder so. Wenn du willst, daß ich darüber spreche, werde ich es tun, aber nur, wenn du die Sache ernst nimmst. Einverstanden?"

Der Pfarrer riß Augen und Mund weit auf und gestikulierte raumgreifend mit den Händen, als ob er den Himmel beschwören wollte, sein Zeuge zu sein, daß Richards Bemerkungen nichts als eine üble Nachrede gegen einen so Unschuldigen wie ihn sei.

„Willst du es hören oder nicht?" beharrte Richard, ohne auf die extravagante Pantomime einzugehen. „Mir ist die Sache ziemlich wichtig."

Endlich schien Richards Ernsthaftigkeit einen Eindruck auf David zu machen. Im Herzen ist er der freundlichste Mensch, den man sich vorstellen kann.

„Natürlich möchte ich es hören, Dick", sagte er, „schließlich bin ich es ja, der dir ständig damit in den Ohren liegt, du solltest einmal deine Richtung ändern, oder nicht?"

„Also schön, ich werde es euch erzählen.“ Richard erhob sich von seinem Stuhl und wanderte ein paar Augenblicke lang hin und her, bevor er weitersprach. „Es geht eigentlich um Geschichte. Ich überlegte mir: ‚Welches ist der beste Weg, um in diese andere Sparte der Schriftstellerei zu kommen?‘ Und dann kam ich auf den Gedanken, daß der beste – der naheliegendste Ansatzpunkt meine eigene Kirche wäre. Was weiß ich im Grunde über meine eigene Kirche? Daß sie St. Wilfred's heißt. Warum? Wer war dieser Wilfred, und was hat er getan, daß er zum Heiligen erklärt wurde? Damit fing ich also an – mit der Suche nach Wilfred. Und in gewisser Hinsicht, David, habe ich das für dich getan.“

„Ich *weiß*, wo Wilfred ist“, verkündete Hartley unerwartet, „er ist in dem großen Fenster über dem Altar.“

„Ah ja“, sagte Richard, „das ist sicherlich ein Bild des Wilfred, den wir normalerweise mit dieser Kirche in Verbindung bringen, aber ich habe nach viel Lesen und Recherchieren herausgefunden, daß unsere Kirche in Wirklichkeit nach einem ganz anderen Wilfred benannt ist, nämlich einem, dessen Anspruch auf Ruhm, wie Sherlock Holmes es ausdrücken würde, im höchsten Maße einzigartig ist.“

Der Enthusiasmus in Richards Stimme hatte sich inzwischen stark auf David übertragen, der dem Sprecher mit zu Schlitzen verengten Augen und leicht geneigtem Kopf seine volle Aufmerksamkeit schenkte. Nunc dagegen trug ein eigentümliches kleines Lächeln zur Schau, als ich ihm einen Blick zuwarf. Beinahe unbewußt schob ich meinen Stuhl ein wenig zurück, um der Explosion auszuweichen, die höchstwahrscheinlich in Kürze stattfinden würde.

„Ich entdeckte“, fuhr Richard fort, während er sich auf seinen Stuhl setzte und begeisterte Intensität ausstrahlte, „daß Wilfred – unser Wilfred – eine Art mittelalterlicher Mönch war, der zu einem Orden von Gläubigen gehörte, die sich nicht nur zum Gebet und all den üblichen Dingen verpflichteten, sondern auch zur ‚leiblichen Pflege und Bewirtung der Brüder‘. Sie benutzten all ihren Wohlstand, ihre Zeit und ihre Kraft, um all diejenigen, die in den Gegenden, in denen sich ihre Klöster befanden, das Werk des

Herrn taten, mit Speisen und Getränken zu versorgen. Darüber hinaus hatten sie natürlich eine Tradition herzlicher Gastfreundschaft gegenüber allen Besuchern.

Nun nahmen sie die kulinarische Seite ihrer Arbeit bemerkenswert ernst. Viele Leute glauben, das Essen im Mittelalter sei nichts als eine Art grauer Brei gewesen, aber das war nicht der Fall. Wilfred und seine Brüder achteten sehr auf Qualität bei der Planung, Zubereitung und attraktiven Präsentation der Mahlzeiten, die sie für andere anrichteten – denn sie taten es ja für Gott, nicht wahr?"

David nickte mechanisch, blieb aber sonst völlig regungslos sitzen und hörte wie hypnotisiert zu.

„Und Wilfreds Aufgabe – seine persönliche Aufgabe – war es, neue Desserts und Süßspeisen aller Art zu entwickeln und damit zu experimentieren. Ich weiß, heute klingt es banal, aber für Wilfred war das seine ganz persönliche Verantwortung und sein Dienst, und er widmete dieser Aufgabe sein ganzes Leben. Am Ende ging er in die Sahara (sein Zweig des Ordens war in Nordafrika angesiedelt) und ließ sich dort mit einer kleinen Gruppe von Brüdern und Novizen nieder, um sich der Erfindung und Erprobung guter, gesunder Desserts zu widmen. Und diese kleine Gruppe wurde unter einem besonderen Namen bekannt, einem Namen, den ich als Titel meines historischen Werkes verwenden werde, wenn meine Studie über das Leben Wilfreds vollendet ist."

„Wie wurde Wilfreds kleine Gruppe genannt?" fragte der Pfarrer mit gedämpfter, aber faszinierter Stimme.

„Man nannte sie", sagte Richard feierlich, „die Karameliter."

Als ich während des zweiten Weltkrieges bei meiner Tante Myrtle in London war, erlebte ich die furchtbare Stille, die immer darauf folgte, wenn über unseren Köpfen eine Flugbombe hinweggezogen war, und die der schrecklichen Explosion beim Einschlag unmittelbar vorausging. Die Stille, die auf diese letzte Bemerkung von Richard folgte, hatte eine verblüffend ähnliche Qualität, obwohl David, als er schließlich das Schweigen brach, mit derselben gedämpften Stimme sprach wie zuvor.

„Ich werde dich umbringen, Dick", sagte er, „langsam, schmerzhaft und mit äußerstem Genuß, und ich werde es jetzt tun."

Er stand auf und ging mit ausgestreckten Händen und krallenden Fingern wie ein Würger aus einem viktorianischen Drama langsam auf Richard zu. Richard hob eine abwehrende Hand.

„Dave, bevor du mich umbringst –"

Der Pfarrer erstarrte in seiner bedrohlichen Haltung.

„Bevor du mich umbringst", wiederholte der kauernde Historiker, „will ich dir noch eine Sache über Wilfred sagen, die ich vergessen hatte. Als Jugendlicher litt er – litt er an Anoraksia . . ."

Der spielerische Kampf, der darauf folgte, war zwar zwei erwachsenen Männern äußerst unangemessen, hatte aber etwas eigenartig Liebenswürdiges. David und Richard balgten sich wie kleine Jungen, bis sich David erwartungsgemäß durch sein Gewicht und seine Körperkraft durchsetzte und er schließlich auf Richards Brust saß, die Arme seines Gegners mit den Knien auf den Boden preßte und mit einer aufgerollten Zeitung wedelte, die er aus seiner Jackentasche gezogen hatte.

„Ich werde dich so lange mit der *Daily Mail* vertrimmen, Dick", rief er, „bis du zu einer konservativen Sicht unseres geliebten Wilfred zurückkehrst, der sich während deiner ganzen erbärmlichen Geschichte in seinem Buntglasfenster gedreht hat –"

„– obwohl du ihr völlig auf den Leim gegangen bist", keuchte Richard todesmutig.

„Ich werde dich freilassen, wenn du Wilfred um Verzeihung bittest", verkündete der Pfarrer und versetzte seinem Opfer mit der Zeitung einen Klaps auf den Kopf. „Komm schon – entschuldige dich!"

„Vergib mir, Wilfred!" rief Richard in flehendem Ton und fügte, als David ihn freiließ und er aufstehen konnte, hinzu: „Nur gut, daß du mich nicht mit den *News of the World* geschlagen hast, Persimmon – dann hättest du ein paar saftige Einzelheiten über deinen ach so verehrten Wilfred zu hören bekommen." Er schmunzelte breit. „Du hättest gerade eben dein Gesicht sehen sollen, Dave. Voll angebissen! Gleichstand, was?"

„Ja, Dick, du alter Halunke!" stimmte David zu und ließ sich erschöpft wieder auf seinen Stuhl fallen. „'Mit neuen Desserts experimentieren . . .'! Wie konnte ich auf so einen Quatsch hereinfallen? Wenn dein Zeug immer so überzeugend ist, dann sollte ich es vielleicht doch einmal lesen, Dick."

„Dot, darf ich dich bitte etwas fragen?"

Nunc war immer *so* höflich und charmant.

„Natürlich", antwortete ich, „was immer du möchtest."

„Warum hast du fünfzig Jahre lang deine Bibel mit der *Daily Mail* geschlagen?"

Ich sah, wie David im Geist versuchte, die Komplexität dieses Mißverständnisses zu entschlüsseln, aber mir war sofort klar, wie Nunc zu seiner – scheinbar – unsinnigen Frage gekommen war.

„David hätte deine Frage vorhin beantworten sollen, Nunc", antwortete ich. „Als er von meiner ‚Bibelschwingerei' sprach, meinte er – zumindest hoffe ich das – meine Zuneigung und Liebe zum Wort Gottes."

„Oh", sagte Nunc, „ich verstehe."

„Aber laß mich dir auch eine Frage stellen, Nunc. Wie hat dir Richards Geschichte über St. Wilfred gefallen? Hast du geglaubt, was er erzählt hat?"

„Oh nein!" Nuncs Augen glänzten. „Ich wußte, daß es ein Spiel war. Wilfred wäre höchst amüsiert darüber, als Hersteller von Desserts beschrieben zu werden . . ."

Es war ganz typisch für unsere Begegnungen mit Nunc, daß niemand ihn danach fragte, woher er denn wisse, daß Wilfred darüber „höchst amüsiert" wäre. Nicht zuletzt deshalb, weil Nunc nach derartigen Bemerkungen ein erschrockenes Gesicht machte wie ein Kind, das unabsichtlich ein Geheimnis verraten hat, und in unserem kleinen Kreis von einem zum anderen blickte, als wollte er uns lautlos anflehen, nicht zu registrieren, was er gesagt hatte. Bei solchen Gelegenheiten schien die Luft in dem alten Kirchengemäuer irgendwie zu erzittern vor Geheimnissen, die so tief und doch so nahe waren, daß wir alle nur zu bereitwillig zu einem anderen Thema übergingen.

5

„Ich habe Mr. Craven geglaubt“, sagte Hartley. „Mir hat die Geschichte gefallen.“

„Es war eine sehr gute Geschichte, Hartley“, stimmte David zu, „aber sie diente eigentlich nur dem Zweck, das Thema zu wechseln. Unser Mr. Craven meidet jedes Gespräch darüber, etwas Nützliches zu schreiben, genau wie ein ängstliches Kind, das an einem Friedhof vorüberrennt.“

Ich hatte das Gefühl, das nicht durchgehen lassen zu können.

„Ich bin selbst auch kein Science-fiction-Fan, David, aber im Gegensatz zu Ihnen habe ich eines von Richards Büchern gelesen. Es war originell, erfindungsreich und äußerst gut geschrieben. Tausende von Menschen lesen seine Bücher mit großem Genuß. Ihre Annahme, ein Buch könne nur dann nützlich sein, wenn es einen spezifisch christlichen Inhalt habe, erscheint mir ziemlich arrogant.“

„Zumindest ist er konsequent“, murmelte Richard.

„Das wollte ich damit überhaupt nicht sagen, Dot. Ich weiß so gut wie Sie, daß der Löwenanteil der sogenannten christlichen Literatur die Firma Hakle vom Markt verdrängen könnte, wenn sie nicht benutzt würde, um Stützmauern in christlichen Buchhandlungen zu errichten. Ich glaube nur, daß Dick den Stil und den richtigen Ansatz hätte, um uns etwas zu geben, was wir wirklich brauchen.“

Richard wirkte nicht geschmeichelt. Statt dessen machte er (wie Hartley es in seinem Bericht so treffend ausdrückte) ein kaltes, verschlossenes Gesicht.

„Und zu dieser wohldurchdachten Ansicht“, sagte er, „bist du gelangt, obwohl du dir nie die Mühe gemacht hast, etwas zu lesen, das ich geschrieben habe? Du bist wirklich bemerkenswert, Dave.“

„Ich brauche nicht erst etwas zu lesen, das du geschrieben hast“, antwortete David schlicht. „Ich habe dich reden hören, und ich weiß es einfach. Außerdem kannst du immer noch deine Science-fiction einsetzen. Gewiß könntest du auf dem Wege der Phantasie einiges an Wahrheit herüberbringen. Das haben schon andere getan."

„Oh ja, freilich, das haben sie, nicht wahr? Besonders im Bereich der Kinderliteratur, wenn ich mich nicht sehr irre." Ein häßlicher, höhnischer Unterton lag in Richards Stimme. „Du wirst vielleicht überrascht sein, zu hören, daß ich jede Menge davon gelesen habe – genug, daß es mir für lange Zeit reicht, soviel steht fest."

„Es gibt sehr schöne Kinderliteratur, Richard", warf ich behutsam ein, „meinen Sie nicht auch?"

„Mir scheint", sagte Richard in demselben spöttischen Tonfall, „daß moderne christliche Kinder ein sehr verzerrtes Bild vom geistlichen Leben haben müssen. In all diesen Büchern lesen sie von gewöhnlichen Kindern, die in fremdartigen Welten wunderbare Abenteuer erleben. Um in diese anderen Welten zu gelangen, gehen sie durch die Rückwände von Kleiderschränken –"

„Das ist eine wunderbare Geschichte!" konnte ich nur ausrufen.

„Eines meiner Lieblingsbücher", fügte Hartley hinzu.

„Um in diese anderen Welten zu gelangen", wiederholte Richard kalt schneidend in die Wärme unserer Reaktion hinein, „klettern sie durch die Rückwände von Kleiderschränken, durch hohle Eichen, durch Bilder an der Wohnzimmerwand; sie fahren auf verzauberten Fahrrädern davon oder gehen auf säuberlich metaphorische Reisen, sie tun so ziemlich alles, nur nichts Normales. Und sie erleben die wunderbarsten Abenteuer, die alle dazu da sind, dem Leser zu zeigen, daß – dreimal dürft ihr raten – das Leben als Christ auch ein wunderbares Abenteuer sei."

„Warum ist das falsch?"

„Weil es kein wunderbares Abenteuer ist." Plötzlich war Richards Stimme voller Leidenschaft. „Das hat nichts damit zu tun, wie gut die Bücher sind. Was ich sagen will, ist, daß es nicht fair ist, Kinder glauben zu lassen, daß gleich um die nächste Ecke ein Indiana-Jones-Abenteuer auf sie wartet, wenn sie doch in Wirklichkeit wahrscheinlich von Gott bestenfalls gelangweilt sein werden und schlimmstenfalls gerade dann von ihm im Stich gelassen werden, wenn sie ihn am meisten brauchen. Nichts kann für Kinder enttäuschender sein, als festzustellen, daß die Erwachsenen sie angelogen haben – schon wieder!"

Ich glaube, für einen Augenblick waren wir alle ziemlich sprachlos. Hinter Richards Worten steckte eine so starke Verletzung, daß man zögerte, ihm zu widersprechen. Dennoch wußte ich, daß ich das Wort ergreifen mußte.

„Richard, Lieber", sagte ich so ruhig und freundlich, wie ich konnte, „ich muß Ihnen sagen, daß das letzte halbe Jahrhundert, soweit es mich betrifft, wirklich und wahrhaftig und ehrlich das wunderbarste, aufregendste Abenteuer mit Jesus war."

Richard schaute mir direkt in die Augen, als er wieder sprach.

„Dot, ich glaube Ihnen, was Sie sagen, weil ich noch nie erlebt habe, daß Sie etwas anderes gesagt hätten als die Wahrheit. Aber ich habe nicht dieselbe Erfahrung gemacht wie Sie, und wenn Ihr Gott auch mein Gott ist, dann verstehe ich nicht, was da vor sich geht. Wissen Sie, welchen Eindruck ich manchmal habe? Ich fühle mich, als wäre ich von Gott zurückgelassen worden. Aber bevor er ging, gab er mir eine Münze. ‚Wirf immer wieder die Münze', sagte er, ‚und sobald du zwanzigmal hintereinander Kopf wirfst, komme ich zurück und hole dich, und alles wird wieder gut sein. Mach dir keine Sorgen – du wirst mich zwar nicht sehen können, aber ich werde hier bei dir sein, während du die Münze wirfst, und ihren Fall beeinflussen – solange du treu bleibst.'

Lange Zeit glaubte ich, was er gesagt hatte. Immer und immer wieder warf ich diese Münze in die Luft, freute mich dankbar, wenn Kopf oben lag, und überprüfte mit bußfertiger Besorgnis meine Einstellung und mein Verhalten, wenn Zahl oben lag. Manchmal warf ich zu meiner großen Begeisterung neun- oder gar zehnmal hintereinander Kopf. Wenn das passierte, *wußte* ich, daß Gott bei mir war und daß ich eines Tages meine zwanzigmal hintereinander Kopf schaffen und für immer bei ihm bleiben würde. Wenn ich genauso oft hintereinander Zahl warf, glaubte ich, ich müsse die unvergebbare Sünde begangen oder irgendeiner numismatischen Irrlehre auf den Leim gegangen sein; oder vielleicht akzeptierte ich die Worte eines ausgewiesenen Experten, es sei eine notwendige ‚dunkle Nacht der Seele', zehnmal hintereinander Zahl zu werfen, oder vielleicht würde auch nur mein Glaube an den Geschäftsführer der Münzanstalt auf die Probe gestellt.

Wie ich mich mit denen gestritten habe, die sagten, mein Glaube sei vergeblich! Wie ich meine fiskalische Theologie dehnte und verzerrte, um sie mit meinen Enttäuschungen vereinbar zu machen. Wie ich meine eigene Angst, gegen eine statistische Unmöglichkeit zu kämpfen, zum Schweigen brachte, indem ich mir immer wieder einredete, daß bei Gott nichts unmöglich sei. Und dann fing es an . . ."

Richard stand auf und durchquerte langsam die Kirche, bis er unter einem Bild in der Nordmauer stand, auf dem Maria am Fuß des Kreuzes zu sehen war. Nachdem er es ein paar Sekunden lang studiert hatte, drehte er sich um und kam zu uns zurück, bis er gerade außerhalb des Stuhlkreises stand und, den Blick in die Ferne gerichtet, weitersprach.

„Es fiel mir immer schwerer, mir selbst weiszumachen, daß die Abfolge von Kopf und Zahl irgend etwas anderes als zufällig war – nichts als eine normale, vorhersagbare Verteilung. Ich hatte mir soviel Mühe gegeben, es alles wahr zu machen, aber es wurde nicht wahr. Ich würde niemals meine zwanzigmal Kopf werfen, und er würde nicht wiederkommen, und ich würde nicht für immer bei ihm sein, und ich wollte sowieso nicht bei ihm sein, weil ich ihn haßte. Diesen miesen, engstirnigen kleinen Gott, der einige wenige einläßt und die anderen ausschließt und Leuten, die ihm vertrauen, Lügen erzählt."

„Na, wenn das keine Eingeweide sind!" sagte David, meiner Ansicht nach höchst taktlos und unklug. Richard wandte sich ihm mit einer herzzerreißenden Mischung aus Flehen und Wut im Blick zu.

„Was ist los mit dir?" rief er. „Nach deiner Predigt am Sonntag dachte ich, du wärst neu geboren worden – noch einmal. Du wolltest doch Jesus einladen, alles Mögliche zu tun, oder? Meinst du, es besteht vielleicht eine Chance, daß er dich dazu bringt, deine Freunde ernst zu nehmen, wenn sie zum ersten Mal seit Gott weiß wie langer Zeit etwas von ihrem Schmerz herauslassen? Oder wird das meiste von der göttlichen Energie dazu eingesetzt, daß dein Grinsen überzeugend aussieht? Noch zwei oder drei Predigten wie diese, und du bist der perfekte Konferenzredner, mit tadellos weißer Weste und sauberem Hals und voll von echter Barmherzigkeit für verlorene Seelen wie mich. Steck dir dein Halleluja in die Nase, Junge!"

David wurde regelrecht blaß. „Wir haben immer Witze gemacht", sagte er, „auch wenn wir ernst waren – wir haben Witze gemacht." Mit leiser Stimme fuhr er fort. „Mit mir ist letzte Woche etwas passiert. Du weißt es selbst – du warst hier. Es hat mich nicht in Billy Graham verwandelt oder so etwas. Ich habe nur eingesehen, daß ich möglicherweise den falschen Leuten die Schuld in die Schuhe geschoben habe. Damals warst du froh darüber. Du *schienst* jedenfalls froh zu sein. Ich habe mich im Grunde nicht verändert; ich will nur einiges von dem Müll aus dem Weg räumen und von vorne anfangen. Muß ich mich dafür bei dir entschuldigen, Dick?"

„Tief innen bist du immer derselbe gewesen, stimmt's?" Richard war immer noch wütend. „Im Grund deines Herzens hast du immer zu Jesus gehört! Das ganze Geschwätz und die Witze und die Sprüche, Gott sei im Urlaub – damit hast du doch nur die Zeit ausgefüllt, bis der Gospel-Train in Persimmon-Hauptbahnhof einläuft und dich mit in die Herrlichkeit nimmt. Mit dir ist letzte Woche etwas passiert. Na herzlichen Glückwunsch! Ich habe seit langem nur noch Zahl geworfen!"

Richard ging die Stufen hinab und blieb mit dem Rücken zu uns stehen. Seine Schultern hoben und senkten sich, als er versuchte, seine Gefühle mit tiefen, schaudernden Atemzügen in den Griff zu bekommen.

„Richard, Lieber, ich verstehe Sie eigentlich nicht." Ich hielt inne und suchte nach den rechten Worten. „Davids Predigt am Sonntag war wunderbar erfrischend. Es waren Hoffnung und Wirklichkeit darin – Dinge, die die Kirche braucht, die wir alle brauchen. Ich verstehe nicht, warum Sie so wütend sind, weil David zu Jesus gehört, wie Sie es ausdrücken. Wie kann Sie das verletzen? *Warum* sollte es Sie verletzen?"

Richard ließ sich auf die Stufen fallen, als ob er plötzlich keine Kraft mehr zu stehen hätte, und sein ganzer Zorn löste sich in

Trauer auf wie bei einem Kind, das endlich sein schlechtes Betragen aufgibt und zugibt, daß es unglücklich ist.

„Weil ich allein sein werde“, sagte er mit brüchiger Stimme, „weil der einzige andere Mensch, dem es nichts ausgemacht hat, mit mir da zu sein, wo ich war, weggeht und *fromm* wird! Wir haben uns immer lustig gemacht und schiefgelacht über die Frommen! Jetzt geht er hin und wird *selbst* einer! Er wird einer von denen sein, die stark und sicher und ausgeglichen und christlich und weit, weit weg sind, und ich – ich kann nicht ...“

Davids Augen blickten wild umher, und ich hatte nicht die leiseste Ahnung, was ich tun oder sagen könnte; darum war ich froh, als Hartley seinem guten Gespür folgte. Er ging ohne viel Aufhebens durch das sanfte weiße Licht, setzte sich auf die Stufen und legte seinen Arm um die Schultern der gebeugten Gestalt neben ihm. Als Hartley aufblickte und sprach, wandte er sich nicht an David oder mich, sondern an Nunc.

„Ich glaube, Mr. Craven war wegen Edna böse auf Gott“, sagte er leise.

Verwirrt blickte David auf. Er und Richard waren seit seiner Ankunft in der Gemeinde sehr enge Freunde geworden, aber offenbar nicht so eng, daß Richard ihm von seiner jüngeren Schwester erzählt hätte, die bis zu ihrem Tod vor zehn oder elf Jahren sein Junggesellenzuhause mit ihm geteilt hatte.

„Edna?“ sagte David. „Wer ist Edna?“

Richard ließ die Hände von seinem tränennassen Gesicht sinken und blickte auf.

„Edna war meine Schwester“, sagte er schwach. „Sie wohnte bei mir, bis sie 1979 starb. Sie war schon seit Ewigkeiten krank gewesen. Die letzten fünf Jahre ihres Lebens waren eine endlose Folge von Krankenhäusern, Tabletten, Schmerzbehandlungen und allen anderen grausigen Randerscheinungen einer tödlichen Krankheit.“

„Ich habe sie gekannt, nicht wahr, Mr. Craven?“

„Das hast du, Hartley“, sagte Richard und klopfte auf die Hand, die auf seiner Schulter lag. „Sie war in Ordnung, die alte Edna, stimmt's nicht, Junge?“

„Ich spielte immer Brettspiele mit ihr", sagte Hartley, „und sie wurde immer ganz weiß, wenn ihr der Bauch weh tat, und sagte, es würde ihr gleich wieder besser gehen. Sie dankte Gott für alles und meinte, Richard sei ein lieber alter Idiot, und man würde ihn eines Tages durch die Hintertür in den Himmel lassen müssen, weil er zu stolz sei, durch den Vordereingang hereinzukommen. Und sie schrieb immer Briefe an Leute, die ihr schrieben, und sagte ihnen, daß sich am Ende alles regeln würde. Und ihre Lieblingsschriftstellerin war Jane Austen, und ihre Lieblingsperson war Jesus – wie bei Dot –, und sie wollte Robert Redford oder Paul Newman heiraten, und wenn sie lachte, konnte man nicht anders als mitlachen, und unmittelbar, bevor sie zum letzten Mal ins Krankenhaus ging, gab sie mir ein Stück Papier und sagte: ‚Bete für Richard um das hier, Hartley, mein Schatz', und als ich es anschaute, stand darauf: ‚Herr, gib, daß eines Tages sein Bedürfnis stärker wird als sein Starrsinn', und ich habe an den meisten Tagen seither darum gebetet, obwohl ich es nicht verstehe. Und ich vermisse sie sehr."

„Du bist wunderbar, Hartley", sagte Richard und lächelte trübe. „Ich hätte sie selbst nicht besser beschreiben können. ‚Gib, daß sein Bedürfnis stärker wird als sein Starrsinn', was? Clevere alte Edna – betet immer noch für mich, nachdem sie schon zwölf Jahre tot ist. Reife Leistung. Und Hartley hat absolut recht, Nunc, ich *bin* böse auf Gott wegen Edna – sehr böse.

Aber es war nicht nur Gott, weißt du, es waren auch Gottes Leute – oder einige davon. Ob Edna sich vom Willen des Herrn entfernt hätte, fragten unsere besonders frommen Brüder. Ob uns denn nicht klar sei, wollten andere wissen, daß Gebete mit ‚Ja', ‚Nein' oder ‚Warte' beantwortet werden könnten.

Als es ihr am schlechtesten ging – und das war sehr schlimm –, wechselten manche Leute lieber die Straßenseite, als mit mir zu reden; und wenn ich sie in den letzten Tagen im Rollstuhl mit an die frische Luft nahm – als sie schon fast kahl war und ihr Fleisch fast durchsichtig wirkte, trafen wir Leute, die sagten: ‚Oh, Edna, du siehst ja so gut aus, viel besser, als wir dich zuletzt gesehen haben', aber das stimmte nicht. Edna sagte, wir dürften nicht zu hart mit ihnen ins Gericht gehen, da sie es im Grunde gut meinten und es einfach nicht besser wüßten, aber ich war nicht so heilig wie sie, und so haßte ich sie einfach."

„Und der miese kleine Gott, von dem du gesprochen hast?" fragte Nunc.

Das ließ Richard für einen Augenblick verstummen. Er schaute Nunc an, als ob ein neuer Gedanke für einen Moment den Fluß seiner Emotionen unterbrochen hätte, dann schob er den Unterkiefer vor und fuhr grimmig fort.

„Gott", sagte er, „hielt es für angemessen, daß meine Schwester wiederholt unaussprechliche Qualen erleiden mußte, ungeachtet der Tatsache, daß sie mit ihm redete, über ihn las, ihn verteidigte und ihn jedermann anpries, der ihr zuhören wollte. Sie machte ihm nicht ein einziges Mal Vorwürfe wegen dem, was ihr widerfuhr, auch nicht nach den Nächten, in denen sie zu ihm schrie, er möge sich ihrer erbarmen, und er es nicht tat. ‚Ich vertraue ihm', sagte sie immer, und ich biß die Zähne zusammen und sagte um ihretwillen nichts, doch innerlich lechzte ich danach, vor ihn hinzutreten und ihn zu fragen, *warum* sie das alles durchmachen müsse, damit ich ihm, wenn er mir irgend so eine aalglatte theologische Antwort gäbe, eins auf die Nase geben und sagen könnte: ‚Das ist für Edna, die immer wieder hoffte, du würdest irgendwann *ja* sagen statt immer nur *nein* und *warte*, und die am Ende enttäuscht wurde.'"

„*War* sie denn am Ende enttäuscht?" fragte Nunc.

„Nein, verdammt, das war sie nicht! Ich war es und sie war es nicht. Am Abend, bevor sie starb, sagte sie: ‚Richard, ich habe ein ganz ungewöhnliches Gefühl, daß ich morgen früh völlig gesund sein werde.' Am nächsten Morgen kam ich um halb sieben zu ihr, und sie sah genauso gebrechlich und krank aus wie am Abend zuvor, aber sie war irgendwie voller Aufregung – wie ein Kind, das sich auf etwas Schönes freut. Ich fragte sie, ob ich ihr wie üblich einen Abschnitt aus der Bibel vorlesen solle, aber sie sagte, ich könnte die Bibel weglegen, sie würde sie nicht mehr brauchen, und dann bat sie mich, sie für eine kleine Weile in die Arme zu nehmen . . ."

Meine persönliche Trauer war infolge von Richards Erzählung

so nahe an die Oberfläche gestiegen, daß ich kaum in der Lage war, sie im Zaum zu halten, während er in langsamem, beinahe tranceähnlichem Tonfall weitersprach.

„Und dann, es war wirklich sehr eigenartig, öffnete sie ihre Augen ganz weit und drehte ihren Kopf auf dem Kissen, als ob sie etwas gehört hätte. Ein helles Licht trat in ihre Augen, und ich muß zugeben, daß sie für einen winzigen Moment so gesund aussah wie eh und je, und sie sagte: ‚Richard, jemand ruft meinen Namen!' Dann schloß sie ihre Augen und öffnete sie nie wieder, und ich war allein."

Ich bin kein sehr spontaner Typ, und ich glaube, hätte ich mir auch nur die kleinste Pause zum Nachdenken erlaubt, so wäre ich auf meinem Stuhl sitzen geblieben. Doch statt dessen gab ich einfach einem Impuls nach, mich zu Richard und Hartley auf die Stufen zu setzen. Die Worte, die ich sprach, schienen in dem Augenblick unsagbar relevant zu sein.

„Ich vermisse Vincent so sehr!"

Richard, Hartley und ich waren, wenn Sie die ungeschickte Mischung der Metaphern entschuldigen wollen, ein Knäuel von berstenden Dämmen, und ich muß sagen, ich glaube, daß dieser Ausbruch von Emotionen uns sehr gut getan hat. Als wir uns schließlich alle erholt hatten und die Taschentücher verteilt waren, hatte David, ganz untypisch für ihn, ein Tablett mit Getränken vorbereitet, und für eine Weile schlürften wir dankbar unseren Kaffee, bis David, immer noch ziemlich blaß, von seinem Becher aufblickte, den er wie einen Handwärmer umklammerte, und in Richards Richtung nickte.

„Zum ersten Mal begegnete ich diesem Burschen da", sagte er, „in einem Familiengottesdienst kurz nach meiner Ankunft hier. Wie ihr vielleicht bemerkt habt, ist Kinderarbeit nicht gerade meine starke Seite. Onkel Davy weiß nicht so recht, was er eigentlich zu den süßen Kleinen sagen soll – nach ein paar Minuten schwellen mir die Stirnadern an, und ich drohe ihnen mit Hängen oder Auspeitschen, falls sie nicht bald anfangen, mein sorgfältig vorbereitetes Material freudig und interessiert aufzunehmen. Jedenfalls, an diesem Tag erzählte ich ihnen eine lehrreiche kleine

Geschichte, von der sie nur Bahnhof verstanden, und dann ging ich zu einem kleinen Quiz über, das ich vorbereitet hatte (Christen können ebensogut Spaß haben wie ernst sein, wißt ihr). Mit an den Zähnen festgeklebter Oberlippe und unter den mitleidigen Blicken des lieben Nigel Forsyth (den ich mit jeder Faser meines Wesens liebe, seit ich letzte Woche eine völlige Metamorphose durchgemacht habe), ließ ich eine Serie von Fragen los, die sogar ein taubstummer und blinder Heide, der sein ganzes Leben in Einzelhaft verbracht hat, hätte beantworten können. Es mußten leichte Fragen sein, damit meine Aktien bei den völlig vernarrten Eltern stiegen, die die Arme ihrer Kinder von hinten bedienen wie Puppenspieler. ‚Nenne jemanden, zu dem wir beten und dessen Name mit G beginnt' war eine davon, und ‚Wie nennst du den Ort, den du jeden Sonntag mit deiner Familie aufsuchst?' Ein kleines Mädchen dachte, die Antwort auf diese Frage wäre ‚Omas Haus', doch die anderen schienen sich einig, es könne ‚Kirche' sein.

Dann kam ich zur dritten oder vierten Frage: ‚Nenne eine der Hauptfiguren aus Genesis.'

‚Phil Collins', kam eine Männerstimme von den billigen Plätzen im Hintergrund.

‚Durch welches große Ereignis ist Moses berühmt geworden?' fragte ich ein wenig später.

‚Vierhundert Meter Hürden', posaunte dieselbe Stimme.

Einige Leute lachten, andere nicht. Nigel Forsyth wartete ab, ob ich in Verlegenheit geriet. Wäre das der Fall gewesen, so hätte er sich zu den Lachern gesellt, aber ich war nicht verlegen – ich war sehr amüsiert, und so setzte er eine tief besorgte und mißbilligende Miene auf. Als ich hinterher an der Kirchentür die vielen warmen Komplimente für meine hervorragende Predigt entgegennahm, entdeckte ich den Komiker von der hintersten Reihe und beschloß, einen kleinen Schwatz mit ihm zu halten. Weißt du noch, Dick?"

Richard, auf dessen Gesicht wieder das alte, vertraute Lächeln lag, nickte. Offensichtlich war es eine angenehme Erinnerung.

„Jedes Wort", beteuerte er. „Du sagtest: ‚Ich glaube, Sie brauchen wahrscheinlich eine kräftige Portion Seelsorge, mein Lieber', und ich sagte: ‚Ich glaube, da warte ich lieber, bis Madonna ordiniert wird.‘ Dann zwängten sich General Ashby-Vaughn und seine Frau, die aussahen und klangen wie wütende Walrosse, zwischen uns hindurch und bellten dich an, weil du über die Gleichnisse gepredigt hattest statt über die Sakramente, und nachdem sie davongestampft waren, sagte ich: ‚Die letzten Dinosaurier‘, und du sagtest: ‚Ja, große Zähne, aber keine Zukunft.‘ War es nicht so?“

„Wort für Wort, Dick“, sagte der Pfarrer, „und im Lauf der nächsten paar Wochen wurden wir Freunde, bis du schließlich – ich werde das wahrscheinlich nur einmal sagen, also hör lieber gut zu, Dick – für mich einer der ganz wenigen Leute wurdest (die meisten der anderen sind heute abend hier), die mir das Leben in dieser finsteren Gemeinde erträglich machten. Du bringst mich zum Lachen. Du bringst mich zum Nachdenken. Du verdammst mich nicht. Du beseelsorgst mich nicht. Du wirst am Mittwochabend Nigel Forsyth für mich vergiften. Du bist mein Freund, Dick, und ich liebe dich. An unserer Freundschaft wird sich nichts ändern, nur weil ich angeblich geistliche Höhenflüge mache. Ich brauche dich mehr als je zuvor, damit du mich davon abhältst, in trügerisch erhabene Höhen zu entschweben. Also sei nicht sauer, alter Junge. Ich bin immer noch hier – ehrlich . . .“

Richard holte einmal tief Luft, hielt sie einen Augenblick lang und schien dann gleichzeitig mit ihr seinen Widerstand gegen Davids Wärme entweichen zu lassen.

„Ich bin heute abend ein bißchen wie ein geköpftes Huhn, Dave.“ Er setzte sich aufrecht hin und schaute uns alle an. „Ich kann gar nicht glauben, daß ich das bin. Dieses – dieses Zeug mit den Eingeweiden liegt mir nicht. Ich bin froh, daß es hier passiert ist, aber ich bin ziemlich verwirrt.“

„Wie viele Menschen hast du zurücklassen müssen, Richard?“ fragte Nunc leise.

Richard beantwortete Nuncs Hintergedanken statt seiner Frage. „Ich glaube, du hast eigentlich recht“, sagte er. „Wenn ich darüber nachdenke, kommt eine stattliche Liste heraus. Mein Vater starb, als ich noch gekrabbelt bin, meine Mutter ließ mich mit

Edna zurück, als ich gerade auf die Universität gehen wollte; dann war da die eine oder andere obligatorische gescheiterte Liebesbeziehung, und dann Edna. Und . . . irgendwie habe ich wohl das Gefühl, daß Gott sich auch aus dem Staub gemacht hat."

Nunc nickte ernsthaft. „Es ist nur recht und billig, wenn er sich aus dem Staub macht."

„Du meinst, du hältst das für gut?" Richard blickte ziemlich überrascht drein.

„Oh ja", sagte Nunc, „ich hätte keine Lust, dem miesen, engstirnigen kleinen Gott zu begegnen, der dieses alberne Spiel mit dir spielte, bei dem du irgend etwas zwanzigmal hintereinander machen mußtest. Ich glaube auch nicht, daß es ihn überhaupt gibt. Ich glaube, daß du ihn selber gemacht hast. Aber selbst wenn es ihn gäbe, würde ich ihn nicht kennenlernen wollen. Ich würde ihn genauso hassen wie du. Ich glaube nicht, daß du wirklich wütend auf Gott bist. Du bist wütend auf gewisse Leute, weil sie dich allein gelassen haben, besonders auf Edna. Du mußt ihr vergeben. Du mußt ihrem Gott begegnen."

„Dem, der sie leiden ließ?"

„Dem, den sie liebte und dem sie vertraute, obwohl sie litt. Dem, der sie beim Namen rief. Ich habe ein Liederbuch in dieser Kirche gefunden, das mich manchmal an ihn denken läßt. Er ist kein Gott, dem alles egal ist, er ist ein Gott, der mit uns leidet und dem Edna mehr am Herzen liegt als dir. Das Lied, das mich am meisten an ihn erinnert, enthält diese Worte:

Wie still er litt, wie sollte ich es wissen,
als seinen Frieden unserm Tränental
er schenkte, wie am Kreuz sein Herz gebrochen,
nach dreiunddreißig Jahr'n die Kron' der Qual.
Ich weiß nur eins: Er heilt die Schmerzgebeugten,
bannt unsre Sünde, nimmt die Angst von uns,
befreit Beladene von ihren Lasten,
denn noch ist unser Heiland unter uns.

Er ist kein mieser, engstirniger kleiner Gott, Richard. Edna liebte ihn, und sie sind jetzt zusammen. Warum bist du nach ihrem Tod weiterhin in die Kirche gegangen?"

Die Frage kam plötzlich, aber Richard antwortete, ohne zu zögern.

„Um ihr nahe zu sein, und . . ."

„Und?"

„Vor zwanzig oder dreißig Jahren glaubte ich, dem Gott begegnet zu sein, von dem du gesprochen hast – für kurze Zeit war ich richtig auf dem frommen Trip, mit Halleluja und Bibelverse anstreichen und allem, aber dann wurde bei mir irgendwie der Eindruck immer stärker, daß sich meine Erwartungen an ihn nicht erfüllten, und die Begeisterung ließ schnell nach. Ich glaube, wenn ich so Woche für Woche hier saß, dachte ich – wenn dieser Gott, Ednas Gott, wirklich so war, wie sie ihn ausmalte, dann könnte er vielleicht . . . na ja, irgend etwas tun. Darum hat es mich verletzt und wütend gemacht, als unser Martin Luther hier sich in einen Sonnenstrahl verwandelte – nur ein Scherz, Dave. Ich war wütend auf Dave, weil er offenbar ohne mich vorzeitig zur Entrückung aufgebrochen war, und auf Gott, weil er nichts getan hatte, um *mich* zu verändern. Ich warte seit Jahren darauf, auch nur einen winzigen Bruchteil der Erfahrungen zu machen, die Edna gemacht hat. Ich weiß, es ist kindisch, aber ich finde es einfach nicht fair."

„Was sollte das denn letzte Woche heißen, daß die Leute, die dich am besten kennen, wissen, daß du ein heimlicher Charismatiker seist?" fragte David.

Richard schüttelte traurig den Kopf. „Das Äußerste an Ekstase, was ich je erlebt habe, war damals, als Eastbourne Fußballmeister wurde. Ich habe das nur gesagt, um mir euch alle vom Leib zu halten. Hat nicht geklappt, was?"

„Sprich zu Ednas Gott, Richard", sagte Nunc mit einer Autorität, die gar nicht zu dem traurigen, kindlichen kleinen Wesen zu passen schien, das ich früher an diesem Abend getröstet hatte. „Wenn du nach Hause kommst, sprich zu Ednas Gott. Bekenne all deine Übertretungen. Er wird dir entgegeneilen. Sprich zu ihm."

„Wenn ich zu ihm spreche", flüsterte Richard mit einem unirdischen Leuchten in den Augen, „wird er dann auch zu mir sprechen?"

„Er wird gleich jetzt zu dir sprechen", sagte Nunc, „über die Traurigkeiten, die du erlebt hast."

Von all den merkwürdigen Dingen, die während der Zeit geschahen, in der Nunc unter uns war, war für mich das Nächste, was sich an diesem Abend ereignete, das Schönste. Nunc glitt von seinem Stuhl herab, ergriff Richards Hand und führte ihn hinauf direkt vor den großen steinernen Altar, wo die beiden zwischen den riesigen grauen Kerzen zu beiden Seiten niederknieten. Plötzlich brannten die beiden Kerzen, und alle anderen Lichtquellen erloschen. Ich erinnere mich, wie sehr mich der Kontrast zwischen der Kindersilhouette auf der einen und der leicht gebeugten Männergestalt auf der anderen Seite berührte.

Als sie nebeneinander knieten, erfüllte ein Lied die Kirche. Es war eine einzige Stimme ohne jegliche Instrumentenbegleitung, und wenn ich sie beschreiben soll, kann ich nur sagen, daß es die vollkommenste, reinste Chorknabenstimme war, die ich je gehört habe, und daß die Melodie des Liedes schlicht und schmucklos und doch gleichzeitig unbeschreiblich bewegend war. Die Worte, die an jenem Abend durch St. Wilfred's hallten, werde ich nie vergessen, und wenn ich tausend Jahre alt werde. Und ebenso wenig werde ich vergessen, auf welch unerklärliche Art und Weise sich Trauer und Mitgefühl auf Richard herabzusenken schienen wie ein sanfter Sommerregen.

Abendlied, Dämmerungsklang
Schwerer Abschied, bleib nicht lang
Jede Nacht sich endlos zieht
Ich möchte hören dein Abendlied.

Herbstzeittage, eisiger Wind
Sommer ist dahin, ein Gebet mißlingt
Graue Strähnen in roten Haaren
Verblaßte Bilder, laß sie, wo sie waren.

Stadt am Meer, Wintertag
Leere Straßen, kalt und karg
Wellen des Trostes brechen sich
Wenn ich bete, wer hört mich?

Warten, mein ganzes Leben lang
Auf dein Gesicht, deiner Stimme Klang
Flüchtige Blicke durch den Spalt
Helle Sekunden verlöschen bald.

Abendlied, Dämmerungsklang
Schwerer Abschied, bleib nicht lang
Jede Nacht sich endlos zieht
Ich möchte hören dein Abendlied.

Als Nunc und Richard zu uns zurückkehrten, standen wir als ganze Gruppe Arm in Arm zusammen, und David sagte leise: „Ich glaube nicht, daß ich der einzige bin, dem es nichts ausmacht, mit dir da zu sein, wo du bist, Richard." Dann breitete er seine Arme aus und sagte laut und voller Gewißheit: „Wir sind der Leib Christi! Wir, die Verlorenen und die Gefundenen, die Sicheren und die Unsicheren, die Freudigen und die Traurigen, die Einheimischen und die Außerirdischen, die Weisen und die Schlichten, der Pfarrer und der Organist, die Gesunden und die Kranken, diejenigen, die fortgehen, und diejenigen, die zurückkehren, die im Licht und die im Schatten, diejenigen, die geheiligt sind, und diejenigen, die es nicht sind – wir alle, die wir ja sagen zu dem leidenden, triumphierenden Jesus – wir sind der Leib Christi, und wir brauchen dich!"

Und als wir alle „Amen!" sagten, strahlte das Licht aus Nunc hervor, der neben mir und gegenüber von David stand, so daß ein gewaltiger Schatten an die Westmauer der Kirche geworfen wurde. Der Schatten schien die Form eines riesigen Kreuzes zu haben, und ich bekam plötzlich Sehnsucht nach dem Himmel.

Vierter Teil

Richards Bericht

1

Vor einigen Jahren nahm ich mir auf dem Weg zu einem literarischen Abend in der schönen Stadt Norwich ein Taxi vom Victoria-Bahnhof zur Liverpool Street. Der Fahrer war ein sehr angenehmer, höflicher älterer Mann, der genau so sprach, wie ich mir immer den Londoner Akzent vorstelle. Fahrten in Londoner Taxis machen mir immer Spaß – man könnte eine tolle Jahrmarktattraktion daraus machen.

Bei dieser Gelegenheit wurden wir, kurz bevor wir unser Ziel erreichten, von einem roten, offenen Sportwagen, an dessen Steuer ein junger Mann mit Schicki-Micki-Halstuch, Sonnenbrille und glänzendem, zurückgekämmtem Haar saß, überholt und von der Spur gedrängt. Mein Fahrer sagte in diesem Augenblick nichts, aber ungefähr eine Minute später holten wir den roten Wagen an der Ampel ein. Die beiden Fahrzeuge standen nebeneinander und warteten auf Grün, wobei der junge Mann auf beeindrukkende Weise sein Gaspedal pumpte, um sich für den bevorstehenden Blitzstart bereitzuhalten. Mein Taxifahrer drehte sich um und sprach mich durch das Schiebefenster hindurch an. „Entschuldigen Sie bitte, Sir“, sagte er höflich, „ich werde gleich diese Person beschimpfen.“

Er wandte sich von mir ab, lehnte sich aus dem Seitenfenster und ließ einen Stapel von Ausdrücken los, die in ihrem erfindungsreichen und kraftvollen Gebrauch aller Schimpfwörter, die ich je gehört hatte, atemberaubend waren. Er brachte es sogar fertig, zwei- und dreisilbige Wörter zu zerteilen und diese Schimpfkaskaden zwischen die Silben einzufügen. Es war eine meisterhafte Vorstellung. Der junge Mann erbleichte sichtlich und versank noch tiefer in seinem Fahrersitz, zermalmt von dem Gewicht dieses professionell durchgeführten Angriffs.

Nachdem er sich zu seiner eigenen völligen Zufriedenheit ausgedrückt hatte, zog mein Fahrer seinen Kopf wieder zurück, drehte sich um und sprach mich in genau demselben Tonfall stiller Höflichkeit an, den er zuvor gebraucht hatte. „Tut mir leid, Sir", sagte er mit der Haltung eines Mannes, der eine unangenehme, aber notwendige Pflicht so effizient wie möglich erfüllt hat.

Ich war fasziniert. Er benutzte das Schimpfpedal mit derselben leidenschaftslosen Geschicklichkeit und Umsicht, mit der er auch die Kupplung oder die Bremse oder das Gaspedal bediente. Emotionslose Schimpfkanonaden waren einfach eines der Werkzeuge seiner Zunft. Ich bildete mir immer gern ein, ich sei wie dieser Fahrer – oder zumindest *wollte* ich so sein wie er. Ich wollte stets jedes meiner Worte, jedes meiner Gefühle und jede meiner Handlungen vollkommen unter Kontrolle haben. Im entscheidenden Moment wollte ich nur behutsam auf das richtige Pedal treten müssen, und niemand würde je auch nur eine einzige Seite der unredigierten Version von Richard Norman Craven zu lesen bekommen. Edna kannte mich natürlich bis ins Mark, aber das störte mich nicht. Nur der Rest der Welt sollte die mißlungenen Passagen nie zu sehen bekommen.

Aus diesem Grund fiel es mir so schwer, Dots reichlich freimütige Schilderung meiner Entlarvung zu lesen. Ich wurde regelrecht rot, als ich allein zu Hause saß und meine Schwachsinnigkeiten gnadenlos schwarz auf weiß aufgezeichnet fand, zusammen mit den emotionalen Ausbrüchen, die zu jener merkwürdigen Erfahrung führten, als ich mit Nunc vor dem Altar kniete. Und da ist noch etwas! Wie kam es, daß ich, ein sogenannter Science-Fiction-Schriftsteller, die Gegenwart dieses außergewöhnlichen, nichtmenschlichen Wesens akzeptierte, als sei er nichts als ein Stammgast im Ratskeller? Bei näherem Nachdenken glaube ich, daß es dafür zwei Gründe gab.

Erstens hatte Nunc selbst eine ausgesprochen alltägliche Ausstrahlung. Zwar passierten unerklärliche Dinge, wenn wir mit ihm zusammen waren, aber als Persönlichkeit wirkte er unmittelbar vertraut und mit seiner Umgebung im Einklang. Er war einfach – Nunc.

Das Zweite war, daß der Einfluß der tiefgreifenden und lebensverändernden Momente, die wir an den Donnerstagabenden erlebten, auf unser tägliches Leben eher wie ein Nachhall als wie eine totale Kehrtwende wirkte.

Zum Beispiel kam ich an dem Abend, nachdem ich meine Eingeweide über die ganze Kirche verteilt hatte, in positivem Sinne gebeutelt zu Hause an und erwartete zumindest, daß Gott in meinem Arbeitszimmer im Lehnstuhl neben dem Schreibtisch sitzen und darauf warten würde, mit R. Craven einen gemütlichen Schwatz über seine strahlende geistliche Zukunft zu halten. Doch als ich mich dann tatsächlich mit einem heißen Kakao, der Schreibtischlampe und meiner Jerusalemer Bibel hinsetzte, spürte ich nichts als eine ungewöhnliche Stille in meinem Herzen oder meinem Verstand oder wo immer sonst jede Chance auf Ruhe und Frieden normalerweise im Lärm untergeht. Irgend etwas hatte einen Raum geschaffen, und ich fragte mich, wie ich ihn füllen sollte. Am Ende erinnerte ich mich an das, was Nunc über das Bekennen meiner Übertretungen gesagt hatte. Also riß ich ein neues Blatt aus einem der Blocks mit eng liniertem A4-Papier mit Rand, die ich mir unvorsichtigerweise immer zum Schreiben kaufe, und fing an, meine Fehler und Laster und Unzulänglichkeiten aufzulisten. Binnen kurzem sah das Blatt aus wie ein Entwurf für eine dieser Fernsehserien, die nur im Spätabendprogramm laufen können. Es gefiel mir nicht, aber es schüchterte mich auch nicht mehr ein. Als es endlich wahrhaftig unvollständig war, klatschte ich das Blatt auf den Schreibtisch und kniete zum ersten Mal in meinem Leben in meinem eigenen Arbeitszimmer nieder und versuchte, aus dem geheimen Zentrum meines Wesens heraus zu Gott zu sprechen.

„Gott“, sagte ich, „hier ist mal wieder so ein verlorener Sohn, nur daß er nicht ganz so sicher ist, ob er nach Hause kommen soll, wie der in der Geschichte. All diese Dinge auf der Liste tun mir leid, und die, die nicht auf der Liste stehen, auch. Besonders leid tut es mir, daß ich dich mies und engstirnig genannt habe. Wenn ich an Jesus im Garten denke, wie er so sehr am Leben bleiben wollte und so, dann – na ja, es tut mir *sehr* leid. Und ich möchte dir Dank sagen – ich hoffe, du hörst zu, Gott, das hier fällt mir nicht leicht – ich will dir Dank sagen dafür, daß du meine kleine Edna so glücklich gemacht hast, trotz dieser verd – furchtbaren Krankheit, und ich will ehrlich sein und dir sagen, daß sich mein Magen immer noch vor Zorn zusammenkrampft, wenn ich daran denke, aber wahrscheinlich geht es dir genauso, also ..."

Das nächste kam *wirklich* aus meinem tiefsten Herzen.

„Herr, bitte laß mich nicht religiös werden. Bitte laß nicht zu, daß ich Sachen vortäusche und mit einer komischen Stimme spreche und Leute abstoße, indem ich mich wie ein Spinner benehme. Laß mich weiter ich sein, dann werde ich vielleicht am Ende jemand sein, den du gebrauchen kannst."

Ich sagte noch eine Menge anderer Dinge, die ich ganz bestimmt nicht hier aufschreiben werde, aber ich werde das Letzte aufzeichnen, was ich sagte, obwohl sich mir schon bei dem Gedanken vor Verlegenheit die Zehen aufrollen. Wahrscheinlich war es das Wichtigste von allem.

„Vater – bitte – um Jesu willen, laß mich nicht zurück."

Es passierte nichts besonders Dramatisches, als ich aufstand, aber irgendwo in einer geheimen Ecke in mir sprang ein kleiner, aber völlig lebensechter Richard Craven herum und hüpfte und warf seinen Hut in die Luft. Als ich an diesem Abend gähnend in mein Bett kroch, freute ich mich auf zwei Dinge. Das erste war die Aussicht, die Bibel aus einer positiven Perspektive zu lesen. Ich beschloß, jeden Tag einen Psalm zu lesen, und hatte das Gefühl, ich könne sogar Spaß daran haben. Das zweite war die Aussicht, Zeuge zu sein, wie David Persimmon versuchte, Licht und Freude in die grobe Richtung von Nigel Forsyth auszustrahlen. Ich schlief hervorragend.

Am nächsten Morgen stand ich früh auf und ging durch die Wohnsiedlung hinter meinem Haus zum Friedhof. Ich ging inzwischen nicht mehr so oft dorthin wie früher, aber ich empfand immer noch ein Gefühl traurigen Friedens, wann immer ich am Grab stand und ein paar Worte zu meiner Schwester sagte. An diesem Morgen hatte ich etwas Neues zu sagen.

„Edna, altes Mädchen", sagte ich leise, „ich schätze, das Bedürfnis hat so ungefähr mit dem Starrsinn gleichgezogen, oder vielleicht liegt es sogar um eine Nasenlänge vorn. Jedenfalls ist das Rennen in vollem Gang!"

2

Als David Persimmon mich bat, dieses Kapitel der Nunc-Chroniken zu verfassen, sagte er, er wolle eine klare Darstellung dessen, was sich auf dem Treffen eine Woche nach dem von Dot Geschilderten ereignete.

„Allerdings", fügte er hinzu, „sollte ich irgend etwas Törichtes gesagt oder getan haben, kannst du das weglassen. Ich bin der Pfarrer, also tu, was ich dir sage."

Ich versuchte ihm so schonend wie möglich beizubringen, daß er, falls ich mich an diese Anweisung hielte, überhaupt nicht in meinem Beitrag vorkommen würde, aber er meinte, er fände das nicht witzig und würde mich exkommunizieren, falls ich mich abfällig über ihn äußern sollte. Deshalb möchte ich zu Beginn berichten, wie ich es nach meinem Triumph mit den „Karamelitern" zum zweiten Mal hintereinander schaffte, Persimmon aufs Glatteis zu führen, eine Leistung, auf die ich zu Recht stolz bin.

Ich war bezüglich dieses Abends ohnehin schon ein wenig nervös. Nigel Forsyth hatte aus irgendeinem Grund unser gemütliches Abendessen auf die nächste Woche verschoben, und deshalb und weil zwei oder drei der Kirche entfremdete Gemeindeglieder rücksichtsloserweise verstarben, hatten Dave und ich während der sieben Tage nach unserem letzten Treffen keinen Kontakt zueinander gehabt (außer einem kurzen Telefonat). Ich machte mir Sorgen darum, wie ich mich verhalten sollte. Nachdem ich so wütend auf Dave gewesen war, weil er es gewagt hatte, Fortschritte in seinem geistlichen Leben zu machen, war ich nun in der gleichen Lage wie er zuvor und fragte mich, ob ich ein Rollenspiel veranstalten und ekstatische Freude und breit grinsende fromme Warmherzigkeit aufsetzen sollte, wenn ich den anderen aus der Gemeinde begegnete. Meine etwas lichter gewordene Geistesverfassung schien eine armselige Ernte zu sein nach dem dramatischen emotionalen und geistlichen Sensenschwung der letzten Woche. Würden Dave und die anderen nicht ziemlich enttäuscht sein, wenn sie feststellten, daß Craven Modell 2 sich so wenig von dem Vorgängermodell unterschied?

Es regnete in Strömen, als ich mich an jenem Abend zum Aufbruch bereit machte. Es störte mich nicht. Ich liebe Regen. Er läßt alle Wettermuffel fluchtartig unter ihren Dächern verschwinden, und die ganze wunderbare, nasse Welt gehört mir allein. Ich zerrte meinen absurd riesigen, blau-gelben Golfschirm aus dem Schrank unter der Treppe, öffnete die Haustür und blieb einen Moment lang auf den Stufen stehen, um mit dem Öffnungsmechanismus des Schirms zu kämpfen und mir im stillen zurechtzulegen, was ich sagen würde, wenn ich in St. Wilfred's ankam. Fünf Minuten später schüttelte ich nach meinem angenehm melancholischen Weg durch eine buchstäblich verlassene Stadt meinen Schirm vor dem Kircheneingang aus, lehnte ihn in einer Ecke gegen die Wand und öffnete die innere Tür.

Da saßen sie im vertrauten Kreis, drei Menschen und ein Außerirdischer, die mehr über Richard Craven wußten als der ganze Rest der Welt zusammen. Der leere Stuhl, der dort schon für mich aufgestellt war und mich erwartete, hatte etwas an sich, das mich gleichzeitig erwärmte und verlegen machte. Ich war erwünscht und erwartet – aber wer war ich?

Die Atmosphäre war von Anfang an etwas steifer als gewöhnlich. Nunc, der in einer stürmischen, regnerischen Nacht wie dieser hier angekommen war, brachte uns alle kurz nach meiner Ankunft zum Lachen, als er ziemlich trübsinnig sagte: „Wie es von

Anfang an war, so ist es jetzt und wird es immer sein, Regen ohne Ende, Amen", aber danach kam der gefürchtete Moment.

„War das nicht wunderbar letzte Woche, Richard?" schwärmte Dot mit einer Art zweitklassiger Schauspielerinnenstimme. „Wirklich wunderbar."

Gott helfe mir, ich spürte, wie mein Gesicht sich zu dem widerwärtig gezierten Ausdruck verzerrte und verzog, der der Situation angemessen zu sein schien.

„Es war ein großer Segen, Dot", hörte ich meine Stimme sagen, „ich kann die Freude gar nicht schildern! Und das ... äh ... das Gefühl, das ich ... äh ... empfand, wegen – der Freude ..."

Es entstand ein unbehagliches Schweigen. Dave schaute mich mit zusammengezogenen Augenbrauen an und fragte sich offensichtlich, ob er es wagen könne, er selbst zu sein. Mit einem Stich der Beschämung erinnerte ich mich daran, wie schwer ich es ihm am vergangenen Donnerstag gemacht hatte, aber ich konnte nichts tun. Ich hatte schon völlig auf fromm umgeschaltet.

„Wie ist es dir während der Woche ergangen, Dick?" fragte er, Dots Beispiel folgend in amateurhafter shakespearescher Intonation. „Ich wollte bei dir vorbeischauen, aber es war jede Menge los, und, wie ich dir schon am Telefon sagte, hatte ich mehr zu tun, als ich dachte, mit der Beerdigung dieser ... äh ..."

„Toten Leute", warf Hartley hilfsbereit ein, als wäre der Pfarrer nicht ganz in der Lage, sich zu erinnern, ob die Leute, die er der kalten Erde übergeben hatte, lebendig oder verstorben gewesen waren.

„Ich bin ziemlich sicher, daß sie tot waren, Hartley", sagte David und fügte dann in einem Blitz seiner sonstigen Schlagfertigkeit hinzu: „Ich schätze, den Leichenbestatter haben sie auch extra für diesen Anlaß ausgegraben."

Wir alle kicherten kooperativ, außer Nunc, dessen Augen in eine weite Ferne blickten.

„Es war eine großartige Woche, Dave", blökte ich. „Ich habe wirklich das Gefühl, daß ich jetzt auf dem richtigen Weg bin, auf eine Weise, wie ich es noch nie zuvor gewesen bin ..." Pause. „Ich habe eine Menge Sünden bekannt", sagte ich pathetisch, „ach ja, und ich lese jeden Tag einen Psalm, und ... äh ... meditiere darüber und empfinde ihn – ich meine, sie – als große Segnung, oder sollte ich Segnungen sagen? Mehr als eine Segnung, meine ich ... und ... äh ... Gott ist wirklich real auf eine Weise, wie er es vorher nicht war. Das heißt, er war es, aber ich dachte, er wäre es nicht, wenn ihr versteht, was ich meine ..."

Ich schluckte krampfhaft. Was in aller Welt war überhaupt los? Letzte Woche war ich vielleicht noch ein hartherziger Heide gewesen, aber ich war wenigstens in der Lage, mit Leuten zu reden, ohne wie ein wandelndes, schlecht geschriebenes Traktat zu klingen. Ich erinnerte mich an mein Gebet vor einer Woche, daß ich nicht mit einer komischen Stimme sprechen wollte; und in diesem Augenblick beschloß ich, daß es an der Zeit sei, den guten Pfarrer Persimmon ein zweites Mal aufs Glatteis zu führen. Ich wußte, daß Dot von diesem Spiel, das Dave und ich gelegentlich spielen, überhaupt nichts hält, aber bei dieser Gelegenheit schien es mir der einzige Weg aus der gelähmten Situation zu sein, in die ich die Gruppe getrieben hatte.

„Dave", sagte ich mit festerer Stimme als zuvor, „eine der Sünden, die ich bekennen mußte, war Stolz und Intoleranz."

Dave und Dot fielen beinahe vom Stuhl vor Eifer, mir zu versichern, daß ich mit diesen Übertretungen nicht allein sei.

„Ich glaube, wir alle leiden unter dieser Unzulänglichkeit", ermutigte mich Dot, die eine der am wenigsten stolzen Personen ist, die ich kenne.

„Oder unter irgendeiner anderen Sünde", sagte Persimmon, der mit Abstand der intoleranteste Mensch ist, dem ich je begegnet bin.

„Ich klaue Brötchen", sagte Hartley und brachte damit mich für einen Moment aus dem Rhythmus, „aber nicht mehr, seit ich zu Mrs. Bletchley gekommen bin, weil es da für diejenigen, die zwischen den Mahlzeiten Hunger haben, ein Imbißregal gibt."

„Was für eine gute Idee", sagte Dot, „so rücksichtsvoll."

„Jedenfalls", fuhr ich stur fort, „habe ich an die letzten paar Jahre zurückgedacht, und mir wurde klar, wie regelrecht grob und, offen gesagt, unangenehm ich mich über Dinge geäußert habe, die anderen Menschen viel bedeuten. Erinnert ihr euch zum Beispiel, wie Felicity Ray letzte Weihnachten für die Gemeinde einen Weihnachtsball in der Witley Hall organisierte?"

„Oh ja", grunzte David, „eine von diesen schrecklichen Veranstaltungen, wo jemand brüllt:

Dreht euch links herum und zurück,
Macht mit den Füßen zackedi-zick!

Ja, ich erinnere mich. Ich schätze, sie hat es nur vorgeschlagen, weil sie wußte, daß ich nicht scharf darauf war. Sie war von Anfang an nicht gut auf mich zu sprechen, seit –"

„Dürfte ich fortfahren, Dave?" unterbrach ich. „Ich erzähle davon, was Gott diese Woche in meinem Leben getan hat, und du verbreitest dich über deine Beziehungen zu Gemeindegliedern –"

„Tut mir leid, Dick", sagte David, und seine Brauen zogen sich wieder zusammen, „erzähl weiter."

„Nun, ich wollte gerade sagen, daß ich mich daran erinnerte, wie vernichtend ich mich über Felicitys Bemühungen geäußert hatte, indem ich sagte, das sei wieder mal eine von diesen typischen geschmacklosen Gemeindeaktivitäten; und als ich dann hinging und unter anderem Dot mich zwang mitzumachen, stellte ich zu meinem Entsetzen fest, daß es mir sogar Spaß machte."

„Natürlich hat es Ihnen Spaß gemacht!" sagte Dot lebhaft.

„Mir auch!" sagte Hartley.

„Diese Woche wurde mir bewußt, daß ich mich eigentlich nie bei Felicity dafür entschuldigt habe, daß ich so negativ gewesen bin. Und wovon ich dir Zeugnis geben wollte, Dave –"

„Mir *Zeugnis geben*?" wiederholte Dave, als ob ich ihm eine Zitronenscheibe zu lutschen gegeben hätte.

„Wovon ich dir Zeugnis geben wollte, war, daß ich diese Woche beim Bibellesen plötzlich auf einen Vers stieß, der mich überführte –"

„Dich *überführte*?" echote Dave und biß von neuem in die Zitrone. „Warum zum Kuckuck sprichst du –"

„Der Vers überführte mich, daß es ein Irrtum war, diese bewußte Aktivität zu verurteilen, und brachte mich zu der Erkenntnis, daß es dem Herrn gefällt, mich zur Buße zu führen."

„Meinst du damit, er *will* dich zur Buße führen? Was soll das heißen, es *gefällt* ihm, dich zur Buße zu führen? Kann er kein normales Englisch reden?"

Inzwischen hatte ich mein Gesicht gut unter Kontrolle. Ich schenkte Dave das widerwärtigste, abstoßendste vergebende Lächeln, dessen ich fähig war.

„Möchtest du wissen, welcher Vers es war, Dave?" fragte ich mit öliger Geduld, „oder wäre es dir lieber, wenn wir jetzt eine Zeit der Anbetung haben würden?"

„Ich will gar nichts haben", sagte David finster, „und du verrätst mir jetzt lieber diesen blöden Vers, sonst wirst du zu dem Schluß kommen, daß du mich von dem Dämon der Langeweile freisprechen mußt."

Ich gab ein kontrolliertes, nachsichtiges Lachen von mir, als wollte ich einen schwächeren Bruder ermutigen. Er knirschte mit den Zähnen.

„Nun?" grollte er. „Mach schon – jeden Augenblick kann der Herr wiederkommen."

„Was für ein Vers war das, Richard?" fragte Dot, die mich ziemlich verwirrt anschaute. Unter den gegebenen Umständen kaum überraschend.

„Hier ist er", sagte ich, öffnete meine Bibel und deutete auf ein paar Zeilen auf der Seite. „Ich werde ihn euch vorlesen: ‚Selig sind die Tanzwütigen, denn sie werden das Erdreich besitzen . . .'"

An dieser Stelle verfiel Dot wieder einmal in ihre Flugbomben-Stille, und hinter Daves Gesicht arbeitete es wie zwei Maulwürfe unter einem Bettlaken. Eingedenk seines gewalttätigen Angriffs nach meinen gelehrten Ausführungen zur Geschichte der ‚Karameliter' machte ich mich auf einen neuen Kampf gefaßt, aber es kam nicht dazu. Dave sackte in seinem Stuhl zusammen und fuhr sich mit der Hand über die Stirn, als wollte er sich den Schweiß abwischen. Geräuschvoll ließ er die Luft aus seinen aufgeblasenen Wangen entweichen.

„Dem Himmel sei Dank! Für eine Minute dachte ich tatsächlich, du wärst zu den fröhlichen Händeklatschern übergelaufen."

„Wenn ich in der Bowden Road zur Anbetungsversammlung gehe", sagte Dot streng, „dann klatsche ich in die Hände, und ich bin auch sehr fröhlich. Darf ich fragen, was daran falsch ist?"

„Tut mir leid, Dot", sagte Dave, „daran ist gar nichts falsch. Es war nur ein Kürzel. Ich war so erleichtert, als ich merkte, daß Dave nicht in den göttlichen Vergnügungspark entschwebt ist, daß ich . . . meine Güte, Dick, ich bin dir mal wieder vollkommen auf den Leim gegangen."

„Ich bin mir *selbst* auf den Leim gegangen, als ich vorhin herkam", gab ich zu. „Wegen letzter Woche, weißt du. Nach dem, was geschehen war, hatte ich das Gefühl, ich müßte zumindest mit federndem Schritt und glänzenden Augen hier hereinmarschieren, auch wenn das nicht wirklich meinen Gefühlen entsprach. Dann kam mir der Gedanke, wie blöd das war. Dot ist schließlich immer sie selbst, und du machst nie ein Hehl aus der Tatsache, daß du ein unbeholfener, streitsüchtiger alter Kerl bist, nicht wahr, Dave?"

„Ja, Dick, es ist sehr nett von dir, daß du darauf hinweist – vielen Dank."

„Und ich wußte keinen anderen Weg, wieder auf normal umzuschalten, als euch ein bißchen an der Nase herumzuführen. Das Problem ist, daß es keine Sprache dafür gibt, wie es wirklich ist. Es klingt alles so abartig. Was soll der sprichwörtliche Mann auf der Straße damit anfangen, wenn ich ihm etwas von ‚überreichen Segnungen aus den himmlischen Schatzkammern' erzähle?"

„Vermutlich würde er dich fragen, wo er Lose bekommen kann", sagte Dave heiter.

„Aber", sagte Dot, die vor lauter Gefühlsintensität auf ihrem Stuhl hin und her rutschte, „ihr sprecht doch sicherlich nur aus eurem Herzen über die Dinge, die für euch wirklich zutreffen, oder nicht? So mache ich es."

„Für Sie stimmt das, Dot", sagte David, „aber Sie sind nun einmal so gemacht. Wenn Sie sagen: ‚Jesus hat meine Sünden fortgenommen, und jetzt bin ich glücklich', dann klingt das echt, weil es zu Ihnen gehört, aber Dick und ich können nicht so reden. Ich tue so, als ob ich direkt und geradeheraus sei, aber in Wirklichkeit bin ich das nicht, und Dick ist ungefähr so geradeheraus wie ein Flügelhorn."

Ich hob in gespielter Erkenntlichkeit meine Hand. „Jetzt ist es an mir, *dir* zu danken, Herr Pfarrer", sagte ich, „was für eine schmeichelhafte Empfehlung."

Hartley räusperte sich nervös, bevor er das Wort ergriff.

„Ich habe Mrs. Bletchley gesagt, ich müsse meinen Tee früher nehmen, denn wenn ich das nicht täte, würde ich institutionalisiert werden, aber in Wirklichkeit wollte ich das nur, weil ich vor zwei Wochen mit Nunc reden wollte, bevor alle anderen kamen, aber ich glaube, sie wußte, was ich wirklich dachte, denn sie fragte mich, was bei Mr. Mountford passiert sei, und als ich ihr sagte, daß er mich einen schielenden Spinner genannt hat, sagte sie, ich könne meinen Tee früher haben, wann immer ich einen guten Grund dazu hätte, und ich hätte sie gleich darum bitten können, und ich wünschte, ich hätte es so gemacht. Was für einem Musikinstrument bin ich wohl ähnlich, Pfarrer Persimmon?"

Für eine Weile waren wir alle verblüfft über diese ungewöhnlich lange Rede, aber das machte nichts – David hat Hartley sehr gern.

„Hartley", sagte er freundlich, „ich würde sagen, Sie sind wie eines dieser großartigen Alphörner, mit nur einer ganz sanften Biegung, aber sonst völlig gerade."

Hartleys zufriedenes Grinsen war wunderbar.

„Erzähl uns, wie sich dein Leben seit letzter Woche verändert hat, Richard." Wie üblich gab Nuncs Stimme den Ereignissen eine neue Richtung, als ob eine neue Seite aufgeschlagen würde.

„Und ich bitte und ersuche dich, nur die Wahrheit zu sagen."

Die Wahrheit! Er wollte, daß ich die Wahrheit sagte, aber noch während die Worte in mein Bewußtsein drangen, wurde mir klar, wie viele Zwänge auf mich einwirkten, alles Mögliche zu sagen, nur nicht die Wahrheit. Ich wollte für Gott übertreiben. Warum sollte er eine schlechte Empfehlung erhalten? Ich wollte für mich selbst übertreiben. Wenn ich extravagante Behauptungen aufstellte, dann würde doch sicherlich ein Element selbsterfüllender Prophetie darin enthalten sein? Ich wollte für Hartley übertreiben.

Nach all den erbärmlichen Vorstellungen, die er während der letzten Wochen von Dave und mir zu sehen bekommen hatte, hatte er es da nicht verdient, endlich etwas Solides und Bewundernswertes zu hören? Ich wollte für das ganze Universum übertreiben. Welchen Nutzen sollte das Christentum für die Schöpfung haben, wenn seine Auswirkungen in mir nur ein erbärmlich dünnes Zeugnis ergaben? Ich wollte für Nunc übertreiben. Er hatte mich letzte Woche in die schönste Erfahrung meines Lebens geführt – warum sollte ich ihm nicht den Eindruck vermitteln, daß das Wunder dieser wenigen kurzen Minuten ein beständiger Teil meines Lebens geworden war?

Am Ende sagte ich doch die Wahrheit, weil ich (ehrlich, ich bin nicht verrückt) vor meinem geistigen Auge wie in einem Filmausschnitt sah, wie der Jünger Petrus unglücklich an einer Hofmauer lehnte und die Niedergeschlagenheit in seinen Augen im flackernden Licht eines offenen Feuers nur zu gut sichtbar war. Und plötzlich wußte ich, obwohl ich nie zuvor darüber nachgedacht hatte, daß er Jesus zu einem großen Teil nicht einfach aus Furcht verleugnet hatte, sondern aus Verlegenheit über die scheinbare Schwäche und das scheinbare Scheitern des Mannes, dem er drei Jahre lang gefolgt war. Vielleicht traf er seine Wahl zwischen Übertreibung und Verleugnung – wer weiß?

„Wie hat sich mein Leben verändert?" wiederholte ich Nuncs Frage, als diese Gedanken durch meinen Kopf gingen, und ganz plötzlich wußte ich, was die Wahrheit war. „Seit letzten Donnerstag", sagte ich, „hatte ich an jedem einzelnen Tag morgens Lust aufzustehen. Das ist die Wahrheit."

Da ich David Persimmon kenne, war ich weder überrascht noch schockiert über seine Reaktion auf diese ziemlich undramatische Aussage.

„Halleluja!" rief er, sprang von seinem Stuhl auf und wedelte mit den Armen wie ein Fernseh-Erweckungsprediger. „Preist den Herrn! Preist seinen allmächtigen Namen, denn er hat Großes und Wunderbares getan! Richard Craven hat morgens Lust aufzustehen! Die ganze Schöpfung jubelt über dieses einmalige Wunder! Halleluja!"

Damit begann er, einen absurden, hüpfenden Tanz rund um unseren Kreis aufzuführen, wobei er gewollt gegen den Takt in die Hände klatschte und mit einer pfingstlerisch-tremolierenden Tenorstimme „Bringt ein die Garben“ sang. Da ich begriff, daß diese Reaktion hauptsächlich aus seiner Erleichterung rührte, daß ich am Ende doch nicht aus dem Lande der Normalen geschieden war, empfand ich keinerlei Entrüstung – ich lachte sogar. Die gute Dot freilich fand das überhaupt nicht amüsant.

„David Persimmon!“ schnappte sie wie eine Grundschullehrerin, die einen ihrer Schützlinge dabei erwischt hat, wie er im Waschraum irgend etwas Ekelhaftes anstellte, „hören Sie sofort damit auf! Wann werden Sie endlich klug? Was glauben Sie eigentlich, wie alt Sie sind?“

Trotz seiner Größe und seines Umfangs sah Dave genau wie ein ungezogenes Kind aus, als er zu tanzen aufhörte, den Kopf hängen ließ und Dot antwortete.

„Ich bin so alt“, sagte er, „daß ich mich noch an die Zeit erinnern kann, als die Sportler statt Steroiden noch Monoide einnahmen. Ich sollte es eigentlich besser wissen, aber meine Erziehung wurde vermasselt, als ich ein kleiner Junge war, und –“

„Jetzt ist nicht die Zeit für alberne Witze, David“, unterbrach ihn Dot scharf. „Richard hat etwas sehr Ernsthaftes gesagt.“

Unter dem Eindruck von Dots Autorität und Strenge wurden wir alle still und bedachten gehorsam die Ernsthaftigkeit dessen, was ich gesagt hatte. Der arme alte Hartley brach schließlich den Bann, indem er in krampfhaftes Kichern ausbrach, genau wie damals, als ich die „Wurm“-Prophezeiung über den Pfarrer vorgelesen hatte. David und ich hielten noch weitere anderthalb Sekunden durch, bevor wir in hilfloses Gelächter ausbrachen. Nunc lächelte.

„Manchmal kann ich euch zwei Männer wirklich nicht begreifen“, sagte Dot, während ihr verwirrter Blick von Dave zu mir und wieder zurück wanderte. „Im einen Augenblick reagiert ihr wie die Prinzessinnen auf der Erbse, und im nächsten findet ihr offenbar das vulgärste und herzloseste Verhalten zum Schreien komisch.“

„Es tut mir leid, Dot“, entschuldigte ich mich, während ich mir mit einem Taschentuch über die Augen wischte, „es ist nur, daß wir beide so erleichtert sind, zu entdecken, daß es ein Leben nach der Erweckung gibt. Wir sind immer noch Freunde, und das ist uns eine Menge wert. Aber Sie haben recht, ich habe tatsächlich etwas sehr Ernsthaftes gesagt, das ich bis gerade eben noch nicht einmal erkannt hatte. Wissen Sie, seit Edna starb, bin ich jeden Morgen – fast jeden Morgen – wie unter einem Schatten aufgewacht. Das ist freundlich ausgedrückt. Meistens habe ich die Augen aufgemacht und gedacht: ‚Na prächtig! Wieder so ein stinkender Tag!' Darum war es auch so eine Erleichterung für mich, als du hierherkamst, Dave. Immer, wenn ich wußte, daß wir Zeit zusammen verbringen würden, vorzugsweise in irgendeinem heidnischen Restaurant in einer entlegenen Ecke der Stadt, freute ich mich regelrecht darauf, das volle Bewußtsein zu erlangen. Wie du sagtest, wir haben immer Witze gemacht, wir haben uns immer gegenseitig die Stichworte zugeworfen. Aber das war eines der wenigen Dinge, für die sich das Aufstehen zu lohnen schien. Selbst die Abenteuer von Elmed Brarg und den mächtigen Vorganern stimulierten mich nur gelegentlich, und dann auch oft nur, weil ich meine Brötchen verdienen muß. Da war immer etwas Schweres, Graues auf mir. Aber diese Woche –"

„Warum hast du mir nie von Edna erzählt, du Ratte?" fragte Dave, wie üblich seine Verletzung hinter Aggressivität verbergend.

Darauf war ich vorbereitet.

„Warum hast du mir nicht erzählt, daß du ein unglücklicher kleiner Junge warst, der seine Welt auf der anderen Seite der Tür auseinanderbrechen hörte, du Stinktier?"

„Ja, David", sagte Dot, „*mir* haben Sie auch nie von diesem Teil Ihres Lebens erzählt, nicht wahr?"

„Sie waren ein bißchen wie eine Thomsongazelle", sagte Hartley mit solcher Ernsthaftigkeit, daß Dave und ich von neuem in Gelächter ausbrachen.

Dot räusperte sich vielsagend in unsere Richtung.

„Also schön", sagte Dave und lümmelte sich auf der vordersten Kirchenbank hin, „falls damit diese zoologische Analyse meiner autobiographischen Zurückhaltung mehr oder weniger vollständig ist" – ich belohnte diesen Wortergüß mit einem kurzen Applaus –, „wolltest du nicht etwas über diese Woche sagen, Dick?"

„Diese Woche", fuhr ich fort, „war es anders. Das soll nicht heißen, daß ich aus dem Bett gesprungen bin wie ein Springteufel, aber ich war gespannt, was passieren würde. Ich fühle mich leichter, viel beteiligter an allem – ich kann die Dinge wieder *sehen*."

„Konnten Sie vor dieser Woche denn nichts sehen, Mr. Craven?"

„Ich war nicht blind, Hartley, nein, aber ich hatte aufgehört, Farben und Formen und Strukturen richtig zu sehen. Ich lebte in einer kleinen dunklen Welt in mir selbst, und ich wollte nicht herauskommen. Und jetzt – na ja, ich glaube, die Welt sieht einfach ein bißchen heller und besser aus. Es macht mir richtig Freude, die alten Psalmen zu lesen, und wenn ich bete, habe ich das Gefühl, wirklich mit jemandem zu reden. Aber der entscheidende Unterschied ist dieses Lebendig-sein-Wollen – dieses Aufwachenwollen. Es klingt wie eine Banalität, aber für mich macht es einen Riesenunterschied."

David seufzte tief. „Du bist mir weit voraus, Dick. Ich bin gerade mal so weit, daß ich von vorne anfangen will." Etwas fiel ihm ein. „Hör mal, für die Saubere-Westen-Brigade wirst du aber dein Zeugnis etwas aufmotzen müssen, oder? ‚Die Welt sieht ein bißchen heller und besser aus'? Damit kommst du vielleicht in den Himmel, aber nicht aufs Podium bei der nächsten Glaubenskonferenz. Das ist doch mit dein größter Ehrgeiz, stimmt's, Dick? Ich sehe dich schon vor mir, wie du im großen Zelt einen von diesen kleinen Tänzen auf der Stelle vorführst. Und du würdest ein Seminar über das Aufwachen am Morgen anbieten, gefolgt von einem hilfreichen kleinen Taschenbuch mit dem Titel *Wecker für Gott – die Craven-Methode für umfassende geistliche Gesundheit.* Die Möglichkeiten sind endlos."

„Ich finde das, was Richard erlebt hat, durchaus wunderbar genug ohne jedes ‚Aufmotzen', wie Sie es ausgedrückt haben, Dave. Und darf ich fragen, ob Ihnen meine Weste etwa nicht sauber vorkommt?"

„So sauber wie ein Stoß von Jimmy White, Dot", antwortete Dave prompt.

Dot strahlte fröhlich – sie ist ein großer Snooker-Fan.

„Nur noch eine Sache über deine Eingeweide-Vorführung letzte Woche“, sagte Dave. „Was ist mit der langen Rede, die du zum Thema Kinderliteratur gehalten hast? Waren das alles nur Abwehrmanöver, oder war das zum Teil dein Ernst?“

Ich ging zu Dave hinüber und legte ihm eine Hand auf die Schulter.

„Pfarrer Persimmon“, sagte ich demütig, „Sie haben einen wunderbaren Dienst der Ermutigung. Waren Sie wirklich der Ansicht, daß es wie Abwehrmanöver klang, oder sagen Sie das nur so?“

„Ich merke, daß du versuchst, satirisch zu sein, Dick, aber ich werde dir trotzdem antworten, weil ich einen barmherzigeren Geist habe als du. Erstens, ich habe keinen Dienst der Ermutigung und will auch keinen haben. William Critchely hat einen Dienst der Ermutigung. Er ist eine Strafe. Ich erinnere mich, wie ich ihn einmal am Eingang zum Gemeindehaus traf, als er gerade auf dem Weg hinein zu seiner prophetischen Makramee-Gruppe war oder zu was für einer Gruppe auch immer, und ich öffnete die Tür für ihn. Er bedankte sich bei mir, als hätte ich auf hoher See sein Leben gerettet, und sagte mir, ich hätte eine ‚Gabe der Behilflichkeit‘. Letzten Monat stand er in der Kirche auf, beglückte alle mit seinem Lächeln und sagte, er wolle uns alle daran teilhaben lassen, daß Jimmy Pratchett, der, wie ihr wißt, einer der nettesten und ungeschicktesten Leute im Universum ist, geholfen habe, den Saal neu zu streichen – wahrscheinlich hat er den Tee gemacht. Und, meinte Critchely, es zeigte sich doch tatsächlich, daß er eine Gabe für die Dekoration hat, soll man es glauben? Nach dem Gottesdienst bat die alte Mrs. Sipley Jimmy, bei ihr vorbeizukommen und ihr Wohnzimmer zu tapezieren. Und der arme alte Jimmy, verwirrt, aber überzeugt von seiner ‚Gabe für die Dekoration‘, geht hin und richtet die verheerendste Kleisterkatastrophe an, die ich je gesehen habe.

Ich übernahm die Aufgabe, bei William Critchely vorbeizugehen und ihn zu fragen, ob er die Gabe der Entschädigung hätte. Er war sich nicht sicher, aber nachdem er eine ziemlich aggressive Ermutigung meinerseits erfahren hatte, kam er zu dem Schluß, daß er diese Gabe wahrscheinlich hätte. Jetzt ist sein Dienst der Ermutigung etwas selektiver und viel wahrhaftiger – und auch nicht mehr ganz so teuer ...

Zweitens hatte ich nicht den Eindruck, daß das, was du sagtest, wie ein Abwehrmanöver klang, und genau aus diesem Grund habe ich das natürlich gesagt. Ich fand es sehr interessant, angesichts der Quelle, aus der es stammte. Also, war es nun ein Abwehrmanöver oder nicht?"

Manchmal bringt David Persimmon in meinem Kopf alles zum Drehen. Ich setzte mich neben ihn auf die Kirchenbank und dachte über seine Frage nach.

„Ja", sagte ich schließlich, „ich habe gemeint, was ich gesagt habe. Ich bin mir nicht ganz sicher, was ein Abenteuer ist, aber ich schätze, es gibt da vermutlich ebenso viele verschiedene Erfahrungen, wie es Christen gibt. Diese letzte Woche war für mich kein Abenteuer – sie war ... nun ja, sie war der Anfang des Friedens. Dots Leben ist ein Abenteuer gewesen, dein Leben ist eine Serie von Pannen gewesen, und Hartleys Leben ist – was ist Ihr Leben, Hartley? Stecken Sie in einem Abenteuer?"

Normalerweise ist Hartley die Ruhe selbst, aber als ich ihm diese Frage stellte, lehnte er sich mit glänzenden Augen aufgeregt auf seinem Stuhl vor und rieb sich vor Vorfreude die Hände.

„Können wir es ihnen jetzt erzählen, Nunc?"

„Jetzt wäre die richtige Zeit", antwortete Nunc, „erzähl es ihnen, Hartley."

„Die Sache ist die", sagte Hartley, „letzte Nacht, als niemand sonst in der Kirche war, da haben wir – Nunc und ich, meine ich – tatsächlich ein Abenteuer erlebt. Soll ich davon erzählen?"

„Auf jeden Fall", sagte Dot begeistert, „wie spannend!"

3

„Wir saßen genau hier, als das Auto hielt!"

Es war fünf Minuten später. Hartley hatte darauf bestanden, uns alle in den Vorraum zu scheuchen, wo wir durch die offene Außentür sehen konnten, daß der Regen immer noch niederprasselte. Es war ein gemütliches Gefühl, in dem trockenen Vorraum zu sitzen und das Wetter zu beobachten, als wäre es eine Fernsehsendung. Vor dem Haupteingang führten ein paar flache Stufen auf das Ziegelsteinpflaster hinab, während auf der anderen Seite der Straße eine weitere, schmalere Treppe zu einem Kiesweg hinaufführte, der ein wenig erhöht an der Straße entlang verlief. Direkt uns gegenüber stand an dem Kiesweg eine altmodische rote Telefonzelle, und daneben tauchte eine Straßenlaterne die ganze Szene in ein gelbliches Licht. Es war ein eigentümlich künstlicher, theatralischer Effekt, wie in den wenig überzeugenden Kulissen billiger Filme, die in den sechziger Jahren so häufig waren. Hartley stand direkt hinter der Vordertür, und in seinem Gesicht leuchtete die Erinnerung.

„Es war genauso wie jetzt", sagte er, „nur daß es schon viel später war. Ich kam um sieben, um ein wenig sauberzumachen und Nunc zu sehen, aber der Regen fing gegen halb zehn an, als ich gerade gehen wollte, und ich hatte keinen Schirm bei mir, weil ich gar keinen Schirm habe, und einen Mantel hatte ich auch nicht mit, weil ich sehr dumm bin, und deshalb – ich hoffe, das war in Ordnung, Pfarrer Persimmon – rief ich von der Sakristei aus Mrs. Bletchley an, um ihr zu sagen, daß ich später komme, und sie sagte, das sei kein Problem, sie würde den Schlüssel unter den flachen Stein legen, den wir immer benutzen . . ."

„Gute Idee, das Telefon zu benutzen, Hartley", nickte Dave, als Hartley Luft holen mußte, „gut nachgedacht."

„Eine Weile lang", fuhr Hartley fort, „unterhielten Nunc und ich uns darüber, was wir am liebsten essen. Ich sagte, mein Lieblingsessen seien Schinkensandwiches mit dick Butter drauf, und Nunc meinte, er esse gar nichts von den Sachen, die wir essen, aber

Pfarrer Persimmon würde schon wissen, was er ißt, denn es sei dasselbe Lieblingsessen wie das unseres Gründers."

Wir alle schauten Dave erwartungsvoll an, der völlig verständnislos dreinblickte. Mehrere Sekunden vergingen. Der Pfarrer rutschte gereizt auf seinem Stuhl herum.

„Klopf, klopf!" sagte er schließlich völlig überraschend.

Ich seufzte. „Wer ist da?"

„Harmagedon", antwortete Dave.

„Welcher Harmagedon?" fragte ich müde.

„Der Harmagedon, dem es auf die Nerven geht, daß ihr ihn alle anstarrt und euch fragt, wovon in aller Welt Nunc redet . . ."

„Von der Person am Brunnen", murmelte Nunc leise.

„Ich mache mir später Gedanken darüber", sagte Dave, „erzählen Sie erst einmal Ihre Geschichte zu Ende, Hartley."

Dot und ich saßen auf der steinernen Bank auf einer Seite des Vorraums, und Dave und Nunc uns gegenüber. Hartley verließ nun seinen Posten an der Tür, setzte sich dicht neben Dot, die ein wenig durchgefroren aussah, und fuhr fort.

„Nachdem wir uns übers Essen unterhalten hatten, gingen wir in den Saal, um mit den Spielzeugen für die Kindergruppe zu spielen – Nunc fuhr in einem kleinen Pedalauto herum, und ich setzte mir einen winzigen Polizistenhelm auf, der aus Pappe bestand und mit einem Gummiband um mein Kinn befestigt war."

„Ich wurde fünfmal verhaftet und mußte insgesamt fünfzehn bunte Holzbauklötze Bußgeld bezahlen", fügte Nunc ernsthaft hinzu. „Es war ein wunderbares Spiel. Kein Wunder, daß Hartley die wichtigste Person in der anglikanischen Kirche ist. Mit ihm läßt es sich ausgesprochen gut spielen."

„Dann beschlossen wir, nachzusehen, ob das Wetter sich gebessert hatte", sagte Hartley. „Nunc darf natürlich das Gebäude nicht verlassen, aber er sagte, es sei ihm erlaubt, sich in den Vorraum zu setzen und hinauszuschauen, und so setzten wir uns beinahe genau dahin, wo wir jetzt sitzen, und sahen zu, wie unten auf der Straße die Autos vorbeifuhren. Es machte uns Spaß, die Lichter zu sehen, bevor die Autos ankamen, und das nasse, zischende Geräusch zu hören, das ihre Reifen auf der Straße machten. Der Regen schien nie mehr aufhören zu wollen, und ich war froh, weil ich es sehr aufregend fand, so spät noch außer Haus zu sein, und ich mich gleichzeitig völlig sicher fühlte, weil Mrs. Bletchley gesagt hatte, es mache nichts, daß ich später komme. Doch dann passierte etwas, und für kurze Zeit hatte ich große Angst."

„Eines der Autos hielt", sagte Nunc, „statt vorbeizuzischen."

„Ja!" hauchte Hartley, und die Panik des Augenblicks kehrte zu ihm zurück, als er die Erfahrung mit Worten nachvollzog. „Es hielt an! Ich dachte erst gar nicht, daß es ein Auto sei, weil der Motor so ein eigenartiges Geräusch machte. Es klang wie ein Traktor oder irgendeine andere große Maschine. Aber als es in Sicht kam und unter der Laterne auf der anderen Straßenseite hielt, sah ich, daß es nur ein ganz gewöhnliches Auto war, und mir wurde klar, daß irgend etwas mit dem Motor nicht stimmen konnte."

„Warum hat es Ihnen Angst gemacht, daß das Auto anhielt, Hartley?"

Hartley legte die Stirn in Falten. „Ich bin mir nicht ganz sicher, Dot, außer daß es inzwischen schon sehr spät und ich nicht zu Hause war. Ich war sehr aufgeregt, wie ich eben schon sagte, aber – na ja, wenn man sein Leben lang für jede Kleinigkeit ausgeschimpft wird, dann ist man sicher, daß es einem wieder so gehen wird, besonders dann, wenn man glücklich ist. Ich weiß, daß das merkwürdig klingen muß, aber ich hatte Angst, der Mann im Auto könne jemand von der Verwaltung sein, der gekommen wäre, um mich nach Hause zu schleppen. Das ist mir schon einmal passiert, damals, als mir keiner glauben wollte, daß Mr. Kemp mich jeden Abend mit einem nassen Handtuch schlug, als ich noch ein kleiner Junge war und ich mich eine halbe Nacht lang in einer überdachten Bushaltestelle versteckte und so tat, als würde gleich jemand kommen und mich nach Hause bringen, in ein Haus mit einer Drei-Zimmer-Suite und einem weichen Teppich und einer tickenden Uhr und einem Zimmer für mich allein mit Manchester-United-Plakaten und mit Leuten, die den gleichen Nachnamen hätten wie ich und keine Angestellten wären."

Ein plötzlicher Windstoß ratterte und pfiff durch das Ziegeldach des alten Vorraums. Dot legte ihren Arm um Hartleys Schultern, und Nunc strahlte nicht nur Licht aus, sondern diesmal auch eine sanfte, sehr willkommene Wärme.

„Mein lieber Schwan!" rief Dave und wischte sich etwas aus dem Auge, während er sprach. „Wenn du mir nur erlauben würdest, dich als Multifunktionsgerät des Raumfahrtzeitalters zu vermarkten, Nunc, dann könnten wir ein Vermögen machen."

„Es ist mir eine Freude, denen Licht zu spenden, die in der Dunkelheit sitzen", lächelte Nunc, „aber ich würde niemals der Armut dienen, indem ich verkaufe, was ich verschenken kann."

„Erzählen Sie die Geschichte weiter, Hartley", sagte ich, „das Auto hielt an – und was geschah als nächstes?"

„Ja, es hielt an, und nach einer oder zwei Minuten stieg ein Mann aus, der eine Taschenlampe in der Hand hielt, und er sprang die Stufen auf der anderen Straßenseite hinauf und betrat die Telefonzelle. Dort drinnen blieb er ziemlich lange, bevor er herauskam und zurück zu seinem Wagen ging. Er öffnete die Fahrertür und wollte gerade einsteigen, als er den Kopf drehte und direkt hinauf zum Vorraum schaute, wo wir saßen. Einen Augenblick lang stand er stocksteif, als ob er fieberhaft überlegte, was er tun sollte, und dann beugte er sich in seinen Wagen, holte einen Aktenkoffer heraus und schloß die Tür wieder."

Hartley standen die Haare zu Berge, ich schwöre es, als er weiter sprach.

„Wir hatten gestern abend das Licht im Vorraum angeschaltet", sagte er und deutete auf die nackte Glühbirne, die über uns an den Balken hing, „und das mußte er gesehen haben, als er aufblickte – daß der Vorraum beleuchtet war, meine ich –, und er rannte mit über den Kopf gezogenem Mantel über die Straße, sprang die Stufen hinauf und stand plötzlich im Vorraum – hier –, bevor wir uns auch nur rühren oder irgend etwas dagegen tun konnten. Zuerst hatte ich zuviel Angst, um auch nur einen Finger zu rühren. Ich hatte das furchtbare Gefühl, daß dieser Mann, wenn er seinen Mantel vom Kopf zöge, das Gesicht eines Adlers oder eines Warzenschweins oder einer Hyäne haben würde, aber als er ihn dann schließlich herabzog, sah er ganz normal aus, bis auf seine purpurne Weste."

„Eine purpurne Weste?“ sagte Dave und blickte verwirrt auf. „Das muß ein Sechziger-Jahre-Freak gewesen sein – oder ein Bischof“, fügte er hinzu und lachte herzhaft über seinen eigenen Witz.

„Er hatte auch so einen ähnlichen Kragen wie Sie, nur kleiner, Pfarrer Persimmon.“

Wenn je eine Firma ein Reinigungsprodukt entwickelt, das Schmutz so schnell beseitigt, wie diese Bemerkung von Hartley das Lächeln von Daves Gesicht wischte, dann wird diese Firma ganz schnell wegen unerlaubten Monopols Ärger mit dem Kartellamt bekommen.

„Er hatte *was*?“

„Einen ähnlichen Kragen wie Sie“, wiederholte Hartley stur, „nur daß seiner sauberer und glatter aussah, obwohl er mit über den Kopf gezogenem Mantel über die Straße und die Stufen hinaufgerannt war, was mir merkwürdig erscheint, weil –“

„Schön, Hartley“, sagte Dave, „der Mann hatte also einen ganz hervorragenden Kragen. Noch etwas? Wie sah er aus? Wie groß war er? Wie hieß er? Woher kam er?“

„Ich kann nicht gut schätzen, wie groß Leute sind“, sagte Hartley auf diese Breitseite von Fragen hin, „er war weder besonders groß noch besonders klein, und er war nicht dick. Sein Bauch stand vorne nicht vor wie Ihrer, Pfarrer Persimmon –“

„Oh, sehr gut . . .“, grunzte Dave.

„Und er trug einen grauen Anzug über seiner purpurnen Weste, und schwarze Schuhe. Oben auf dem Kopf war er ziemlich kahl, an den Seiten hatte er graue Haare, und er hatte ein etwas längliches Gesicht und eine Brille, die er abnahm und putzte, als er hereinkam.“ Hartley dachte einen Moment lang nach. „Ach, und noch etwas – er hatte oben eine Lücke zwischen den Zähnen – hier.“ Hartley tippte mit dem Zeigefinger gegen einen seiner oberen Schneidezähne.

Dave, Dot und ich schauten einander an wie ein dreifacher wakkerer Cortez, der zum ersten Mal den Pazifik erblickt, aber keiner von uns sagte etwas – noch nicht.

„Weiter, Hartley“, sagte Dave mit einer Stimme, die – für seine

Verhältnisse – ungewöhnlich leise und neugierig war, „was geschah dann?"

„Nun", antwortete Hartley, „der Mann machte einen kleinen Satz nach hinten, als er mich sah; dann putzte er seine Brille zu Ende und sah mich an. Er sagte: ‚Guten Abend. Ich habe nicht damit gerechnet, an einem so fürchterlichen Abend jemanden an einem solchen Ort anzutreffen. Mein Wagen macht mir Schwierigkeiten, und so habe ich da drüben angehalten, um jemanden anzurufen, der mir helfen kann.'"

Hartley versuchte sich sichtlich angestrengt an etwas zu erinnern.

„Der Mann sagte mir, wen er angerufen hatte, Pfarrer Persimmon, aber es waren zwei ziemlich lange Worte, und ich fürchte, sie fallen mir nicht mehr ein."

„Schon gut, Hartley", winkte ihm Dave beruhigend zu, „ich schätze, wir können erraten, wen er anrief. Es war vermutlich jene wohlbekannte Organisation, die so ganz besonders nette Mitarbeiter hat, die manchmal sehr, sehr lange brauchen, bis sie kommen. Erzählen Sie weiter . . ."

„Er hatte eine angenehme Stimme und sah freundlich aus, so daß ich keine Angst mehr hatte, besonders, als er mir sehr höflich die Hand schüttelte und mich nach meinem Namen fragte. Ich sagte ihm, daß ich Hartley heiße und in Mrs. Bletchleys Heim wohne, und er wollte wissen, ob ich ein Mitglied dieser Gemeinde sei, aber als ich ihm gerade antworten wollte, unterbrach mich Nunc, den er noch nicht gesehen hatte, weil er genau da saß, wo er auch jetzt sitzt, auf der anderen Seite des Vorraums."

„Was hat Nunc gesagt?" fragte Dot, die der Geschichte ebenso interessiert zuhörte wie wir alle.

„Er sagte: ‚Hartley ist die wichtigste Person in der anglikanischen Kirche', und der Mann fuhr herum wie angestochen, sah Nunc und rief: ‚Lieber Himmel!'"

Dave blickte verwirrt drein. „Ich dachte, Nunc hätte gesagt, wir wären die einzigen, die ihn sehen können – stimmt das nicht, Nunc?"

„Ich sagte, vier oder fünf Leute würden in der Lage sein, mich zu sehen oder zu hören", antwortete Nunc. „Dieser Mann war der Fünfte. Als er sich zu mir umdrehte, sah er etwas schockiert aus, und so sagte ich mit deutlich hörbarer Stimme: ‚Guten Abend, mein Name ist Nunc; ich bin ein Außerirdischer und warte hier in der St.-Wilfred's-Kirche für einige Wochen. Mein Freund Hartley macht im Inneren des Gebäudes sauber und räumt auf, und, wie ich bereits sagte, er ist die wichtigste Person in der anglikanischen Kirche.'

Unser Besucher ließ sich neben Hartley auf die Bank sinken und sah äußerst verwirrt aus, während er diese Information innerlich verarbeitete, aber schon nach einigen Augenblicken, während derer er seinen Kopf schüttelte, wie um wieder klar denken zu können, kam er herüber, ergriff meine Hand und sagte: ‚Du mußt meine schlechten Manieren entschuldigen. Weißt du, ich bin noch niemals einem Außerirdischen begegnet. Es ist mir eine große Freude, dich kennenzulernen, Nunc.' Dann kehrte er zu seinem Sitzplatz zurück und schaute immer und immer wieder von Hartley zu mir und wieder zu Hartley zurück."

Hartley setzte die Geschichte fort.

„Ich sagte zu dem Mann, daß er sehr müde aussehe, und er sagte, er habe vor nicht allzu langer Zeit eine neue und sehr schwierige Arbeit übernommen, und deshalb fühle er sich manchmal sehr müde, besonders, wenn die Torpfosten immer wieder verrückt würden. Als ich ihn fragte, ob er denn Fußballspieler sei, lachte er und sagte, er habe eigentlich gemeint, daß gerade dann, wenn man meint, eine Sache ganz gut gemacht zu haben, die Leute böse auf einen sind, weil man nicht etwas ganz anderes gemacht hat. Ich fragte ihn, ob das so sei wie ein Tag bei Mr. Mountford, an den ich mich erinnere, wo ich den ganzen Samstag damit verbrachte, den Rasen zu mähen, damit er mit mir zufrieden wäre, und als er zur Teezeit zurückkam, schimpfte er mich aus, weil ich meine Schlafanzughosen in meinem Zimmer auf dem Boden hatte liegen lassen, und er merkte nicht einmal, daß ich den Rasen gemäht hatte. Er sagte, exakt, präzise, absolut genauso sei es bei seiner Arbeit, und dann sagte er auch noch, es sei ein bißchen so, als wäre man der Manager von Liverpool *und*

Manchester United gleichzeitig, wenn sie im Wembley-Stadion spielen.

Dann schaute er Nunc und mich an und lächelte.

‚Ein Außerirdischer und die wichtigste Person in der anglikanischen Kirche, was? Was für ein interessantes Zusammentreffen.'

‚Bist du denn auch ein Außerirdischer?' fragte Nunc ganz leise.

‚Na ja, zum Teil meine ich das', sagte der Mann. ‚Bei meiner Arbeit kommt es mir oft so vor, als ob die Leute eine Art Außerirdischen aus mir machen. Sie benehmen sich manchmal ganz komisch, wenn sie mir begegnen – als ob ich von einem anderen Planeten käme.'

‚Sie sehen eigentlich nicht aus wie ein Außerirdischer', sagte ich in der Hoffnung, ihn zu ermutigen.

‚Ah, Sie sollten mich manchmal sehen', schmunzelte der Mann, ‚dann würden Sie Ihre Meinung darüber vielleicht ändern – durchaus möglich!'

‚Was meinten Sie denn zum anderen Teil mit dem Zusammentreffen, Sir?' fragte ich.

Der Mann stand auf und ging hinüber zur Tür. Er lehnte sich gegen den steinernen Durchgang und starrte hinaus in den Regen, als er sprach.

‚Der andere Teil des Zusammentreffens ist, daß, während Sie die wichtigste Person in der anglikanischen Kirche sind, ich die *am wenigsten* wichtige Person in dieser großen Institution bin, und die Verantwortung lastet manchmal schwer auf mir.'

‚Wer hat Ihnen gesagt, daß Sie die am wenigsten wichtige Person in der Kirche sind?' fragte ich. Er kam mir nicht gerade unwichtig vor.

‚Der einzige, der es wirklich weiß – der hat es mir gesagt', sagte der Mann mit einer merkwürdigen, traurig-frohen Stimme. ‚Das Problem ist, daß ich nicht immer sehr gut im Füßewaschen bin.'

‚Ist denn das Ihre Arbeit?' – ich war wirklich überrascht –, ‚Sie verdienen Ihr Geld mit Füßewaschen?'

‚Ich tue, was mir gesagt wird – oder ich versuche es zumindest', sagte er, ‚und wenn dazu hin und wieder gehört, einen Fuß zu waschen – nun, dann ist das eben Teil meiner Arbeit.'

Er drehte sich wieder zu uns um und schaute Nunc an, der gerade zu leuchten anfing. ‚Was meinst du, Nunc?‘ fragte er. ‚Glaubst du, daß ich es schaffen werde?‘

‚In deiner neuen Arbeit?‘

‚Ja, in meiner neuen Arbeit.‘

‚Ich glaube‘, sagte Nunc sanft, ‚es wäre sehr gefährlich, einem Mann die Füße zu waschen, wenn dir viel eher danach ist, die Schüssel mit Wasser über seinem Kopf auszugießen. Ich erinnere mich nicht, daß euer Gründer sich je erboten hätte, den Pharisäern die Füße zu waschen. Hat er nicht in aller Offenheit und Schärfe seinen Zorn gegen sie gezeigt? War er nicht entsprechend sanft und barmherzig zu Sündern, die wußten, daß sie alles andere als vollkommen waren? Zorn und Liebe, und noch etwas dazwischen, das beständig, geradeaus und erwachsen war. Wie Hartley mir sagt, benutzt ihr Menschen das Wort „Quatschkopf“ für einen besonders albernen, unernsten Menschen. Ich glaube, es ist richtig, wenn ich sage, daß eure Heiligen Schriften euch ermahnen, „Narren um Christi willen“ zu sein. Es besteht, wenn ich das sagen darf, ein großer Unterschied zwischen einem Narren um Christi willen und einem „Quatschkopf um Christi willen“. Ein Narr kann gesellschaftlich oder intellektuell oder körperlich sterben, weil er weiß, daß seine Narrheit in einem anderen Zusammenhang als Weisheit offenbar werden wird.‘

‚Und ein Quatschkopf?‘ fragte der Mann.

‚Ein Quatschkopf‘, sagte Nunc, ‚wird von einem Standpunkt zum anderen wechseln und mehr Energie darauf verwenden, niemandem zu nahe zu treten, als auf alles andere. Leute, über die man eigentlich explodieren müßte, werden ihre Füße gewaschen bekommen, und ermüdete Leute, die wissen, daß sie wahrscheinlich unrecht haben, werden zu hören bekommen, daß sie Geduld haben sollen und lernen müssen, sich zu beherrschen.‘

‚Und was bin ich?‘ fragte der Mann mit einem merkwürdigen kleinen Lächeln auf den Lippen. ‚Ein Narr oder ein Quatschkopf?‘

Nunc sah ihn sehr ernsthaft an. ‚Du hast viel Zorn und viel Liebe in dir‘, sagte er, ‚darum bete um die Kraft, sie so zu gebrauchen, wie es ein gehorsamer Narr tun würde, egal, ob du nun deswegen gefeiert oder gekreuzigt wirst.'

,Nun, ich werde –'

Was auch immer der Mann gerade sagen wollte, wurde durch das Geräusch von Reifen unterbrochen, als ein großer Lastwagen mit einem orangen Licht auf dem Dach vor dem Auto gegenüber an den Straßenrand lenkte und hielt. Ein Mann mit einem Regencape und wasserdichten Hosen stieg aus und ging auf den Wagen unseres Besuchers zu.

,Ich muß gehen', sagte er, und dann schüttelte er Nunc und mir die Hand, dankte uns für unsere Gastfreundschaft und sagte, er hoffe, daß wir uns alle wiedersehen würden. Als er gerade die Stufen hinabsteigen wollte, blieb er noch einmal stehen, sah mich einen Augenblick lang an und sagte: ,Ich verspreche Ihnen, daß ich nicht vergessen werde, daß Sie die wichtigste Person in der anglikanischen Kirche sind, Hartley. Auf Wiedersehen!'

Nunc und ich beobachteten eine ganze Weile lang, wie der Mann mit dem Regencape unter der Motorhaube des Autos unseres Besuchers arbeitete, und dann ließ er den Motor an, und es klang nicht mehr wie ein Traktor. Bald danach fuhren beide Autos davon, und es hörte auf zu regnen, so daß ich nach Hause gehen konnte. Es war schon sehr spät, als ich zu Hause ankam, aber Mrs. Bletchley hatte den Schlüssel unter den Stein gelegt, und sie war noch wach, als ich hineinkam, denn sie rief: ,Sind Sie das, Hartley?', und ich rief zurück: ,Ja, ich bin's', und sie sagte: ,Schlafen Sie gut, Lieber', und das tat ich auch. Aber" – Hartley zitterte immer noch vor Aufregung – „das war ein ganz schönes Abenteuer, nicht wahr?"

„Das war es bestimmt", sagte Dave. „Aber sagen Sie mir, Hartley, hat dieser kahle, purpurbewestete, langgesichtige, zahnlückige Charakter noch irgend etwas anderes gesagt über . . . irgend etwas anderes?"

Hartley verdrehte die Augen nach oben, während er sich zu erinnern versuchte.

„Ich glaube, er sagte, er erwarte von seinem Auto, daß es dem Mechaniker seine vielfältigen Sünden bekennen werde, wenn er käme, aber ich glaube, das war ein Witz, und ich habe es nicht richtig verstanden."

„Hat er gesagt, wie er hieß, Hartley?" fragte ich. *„Irgendwie* müssen Sie ihn ja genannt haben, nicht?"

„Ich habe ihn ‚Sir' genannt. Er war jemand, den man ‚Sir' nennt, ohne daß einem jemand sagen muß, daß man es so machen soll."

„Kein Name also", murmelte Dot mehr zu sich selbst als zu jemandem anderes. „Wie merkwürdig!"

„Da war noch eine Sache." Hartley richtete sich plötzlich auf und hob die Hand hoch, als säße er in einer Grundschulklasse und wollte eine Frage beantworten. „Er hatte eine Tasche – einen Aktenkoffer aus Leder, und darauf waren zwei Buchstaben eingeprägt."

„Initialen, meinen Sie?" fragte Dave und beugte sich gespannt vor.

„Das nehme ich an", sagte Hartley. „Die Buchstaben waren G und C*, glaube ich."

Dave, Dot und ich mimten noch einmal den wackeren Cortez, aber ich glaube, aus irgendeinem Grund wußten wir alle, daß wir immer noch nicht über die Richtung sprechen wollten, in die unsere Gedanken gingen, nicht, bevor eine Menge Zeit vergangen war.

Dave lehnte sich zurück und rieb sich gedankenvoll das Kinn.

„Hmm . . .", sagte er, „das könnte Gregory Carstairs sein oder Geraint Cadwalader oder Grant Capstick oder Gavin Crunge . . ."

„Oder Geoffrey Chamberlain", warf ich ein, „oder Gordon Camembert oder Godolphus Crane oder Galahad Culpepper oder Gertrude Cavanagh (falls er sich die Tasche seiner Frau ausgesucht haben sollte, meine ich) oder Glyn Cashmir . . ."

„Oder Graham Clingfilm", sagte Dot und errötete leicht, als sie merkte, daß sie sich zu einem Scherz hatte hinreißen lassen.

„Bleiben Sie doch ernst, Dot", ermahnte Dave sie streng. „Wie könnte jemand Graham Clingfilm heißen? Gungadin Cod viel-

* Der 1991 ins Amt eingeführte Erzbischof von Canterbury heißt George L. Carey.

leicht oder Geronimo Cattleburger, aber Graham Clingfilm? Das glaube ich wirklich nicht, Sie etwa, Hartley?"

Hartley starrte mit einem wehmütigen Ausdruck auf seinem Gesicht hinaus in das immer schlechter werdende Wetter. „Ich weiß nicht, wie er hieß", sagte er, „aber ich mochte ihn und würde ihm sehr gern wieder einmal begegnen. Wenn ich darüber nachdenke, bin ich mir nicht sicher, ob er wirklich die am wenigsten wichtige Person in der anglikanischen Kirche gewesen sein kann. Und was mag wohl seine neue Arbeit sein?"

Just in diesem Moment fuhr draußen auf der Straße ein Auto vorbei und sandte einen Schwall Wasser die Böschung unterhalb der Telefonzelle hinauf. Wir zuckten alle zusammen und reckten unsere Hälse dem offenen Eingang entgegen. Einen Augenblick lang dachte ich, der Wagen würde halten, aber er hatte seine Fahrt nur wegen der Pfützen am Straßenrand verlangsamt und beschleunigte sogleich wieder, bis wir ihn nicht mehr sehen und hören konnten.

4

„Schön, Dick, und wie steht es mit der Schreibe? Wieder nur so ein Zeug wie ‚Vong, der Veganer-Jäger', oder hat dein neuerliches Verlangen, von Zeit zu Zeit zu Bewußtsein zu kommen, irgend etwas Neues hervorgebracht?"

Wir hatten uns in den Gemeindesaal zurückgezogen, wo eine Wandheizung uns exquisit röstete. Wir saßen in einem engen Halbkreis zusammen, und unsere Gesichter schimmerten rot vom Schein des Gasfeuers. Wir hatten beschlossen, die anderen Lichter im Saal ausgeschaltet zu lassen, während wir unseren unvermeidlichen Kaffee und Kakao tranken. Unsere einzige zusätzliche potentielle Lichtquelle war eine halb niedergebrannte Haushaltskerze, die unser einfallsreicher geistlicher Leiter auf einen Kaffeedosendeckel geklebt und auf einen kleinen Holztisch gestellt hatte, den er sich aus der Sakristei ausgeborgt hatte, wo eine reiche Auswahl in Vergessenheit geratener Kirchenmöbel zu finden war. Während Dave mich nach „neuer Arbeit“ fragte, hob er eines der Streichhölzer auf, die er gerade hatte auf den Boden fallen lassen, und schaffte es schließlich, den geschwärzten Docht in Brand zu setzen.

„Ich habe tatsächlich mit meiner ‚Schreibe‘, wie du es ausdrückst, ein wenig herumexperimentiert, Dave. Nicht nur, wie ich eilends hinzufüge, wegen deiner ungeschickten Versuche, mich zu beeinflussen, sondern hauptsächlich deshalb, weil sich meine Einstellung zu gewissen Dingen geändert hat. Ja“ – ich muß ein wenig nervös geklungen haben –, „diese Woche habe ich zum ersten Mal seit Jahren tatsächlich ein paar Verse geschrieben. Ich will sie nicht aufwerten, indem ich sie ein Gedicht nenne, aber es ist zumindest ein Versuch.“

„Das finde ich wunderbar, Richard!“ sagte Dot, und ihre Augen glänzten vor ehrlicher Freude im Kerzenlicht. „Wir würden so gerne hören, was Sie geschrieben haben, nicht wahr, ihr anderen?“

Sie blickte sich vertrauensvoll um und wurde durch Nicken und zustimmende Geräusche von Nunc und Hartley belohnt. Persimmon dagegen hob mit seiner charakteristischen Taktlosigkeit, die einen gleichermaßen gewinnen und in Rage versetzen kann, zu einem seiner Mercutio-ähnlichen Monologe an, wobei ihm offenbar nicht im mindesten bewußt war, daß er den Augenblick zerstörte.

„Ich habe schon eine Menge sogenannter christlicher Lyrik gesehen“, sagte er laut. „Hin und wieder bringen meine Gemeindeglieder ihre Gefühle mit einem stumpfen Bleistift auf Butterbrotpapier zum Ausdruck, geben mir das Ergebnis und erzählen mir, der Herr habe ihnen dieses Gedicht ‚geschenkt‘. Wenn man sich dann diese Ergüsse anschaut, versteht man bei einigen davon sofort, warum der Herr sie weggegeben hat – er wird in den meisten Fällen froh gewesen sein, sie loszuwerden, wenn ihr mich fragt.“

„Richard wollte gerade –“

„Meistens sind es fürchterliche Knittelverse“, fuhr der Pfarrer fort und ertränkte Dots tapferen Versuch, hinauszuschwimmen und den Rest dessen, was ich zu sagen begonnen hatte, zu retten, „schreckliches Zeug, das in der säkularen Welt niemand auch nur eines Blickes würdigen würde. Aber offenbar spielt es keine Rolle, wie schlecht es ist, solange es nur ‚für den Herrn' ist. Ich kann dazu nur sagen, daß ‚der Herr' entweder sehr tolerant ist oder absolut keinen Geschmack hat. Ich gebe euch ein Beispiel für das, was ich meine . . ."

Dave lehnte sich zurück und reckte beide Arme in die Luft empor, als er, ohne Dots ärgerlichen und frustrierten Seufzer zu bemerken, aus dem Stegreif vortrug:

„Jeder soll zu Jesus kommen und gerettet werden,
auch die Leute, die gar furchtbar Böses tun auf Erden.
Neunzehndreiundachtzig nahm ich Jesus in mein Leben auf,
Dicht gefolgt von meiner Frau nur zwanzig Tage drauf.

Solches Zeug ist es, wovon ich rede. Normalerweise sind es ungefähr hundert Zeilen, und die Metrik und die Reime werden immer schlechter, je weiter die Sache voranschreitet. Das Schlimme ist, wißt ihr, daß irgendwann die Reime anfangen, den Inhalt zu diktieren –"

„Ich frage mich, ob Richard uns nicht jetzt von den Versen erzählen könnte, die er –"

Aber der Pfarrer war nicht zu stoppen.

„Sagen wir zum Beispiel, ich schreibe eine Zeile wie ‚Gott spricht freundlich, Gott spricht streng'. Ich schaue sie mir für eine Weile an, sage mir, was für eine tolle Sache ich da geschrieben habe, und mache mich dann auf die Suche nach einem passenden Reim. Eng, peng, bäng, Satin, häng, stäng, fäng – nichts scheint zu passen. Dann schließlich fällt mir etwas ein, das funktionieren könnte, und heraus kommt ein Verspaar wie dieses:

Gott spricht freundlich, Gott spricht streng,
Gott spricht laut zu mein'm Cousin.

Dann trage ich das irgendwo mit volltönender Stimme vor, und nach längerem, niedergeschlagenem Schweigen sagt einer der unglücklichen Rezipienten meines lyrischen Genies: ‚Warum ausgerechnet zu deinem Cousin?' Wenn ich ehrlich wäre, würde ich zugeben, daß es das einzige Wort war, das sich darauf reimte, aber wenn ich auf Mystiker geschaltet habe, verdrehe ich meine Augen, richte den Blick starr in die Ferne und sage: ‚Nun ja, ich hatte einfach den Eindruck, daß der Herr mir einen kleinen Anstoß gab, als ich diese Zeilen schrieb – ich glaube, daß im Leben meines Cousins sehr bald erstaunliche Dinge geschehen werden', und die Leute sind äußerst unbeeindruckt, besonders mein Cousin. Und das kann man ihnen kaum verübeln, nicht wahr?"

Für kurze Zeit herrschte Stille. Ich nickte ernsthaft.

„Nun, Pfarrer Persimmon", sagte ich, „ich möchte Ihnen im Namen aller Anwesenden für Ihre erhellende und profunde Analyse der christlichen Lyrik des zwanzigsten Jahrhunderts danken. Darüber hinaus möchte ich aus tiefstem Herzen meinen persönlichen Dank hinzufügen für Ihr einfühlsames und großherziges Gespür für die Tatsache, daß ich so sehr hoffte, unterbrochen zu werden, als ich gerade im Begriff war, sehr zaghaft etwas darzubieten, das zu verfassen vor allen Dingen Sie mich ermutigt haben. Bitte nehmen Sie meinen aufrichtigen und überschwenglichen Dank für Ihre ungewöhnliche Feinfühligkeit."

„Versuchst du etwas zu sagen, Dick?" fragte der Pfarrer seelenruhig.

„Also wirklich, David!" sagte Dot, die sich nicht länger zurückhalten konnte. „Ich glaube nicht, daß ich die mysteriösen Verwicklungen Ihrer Persönlichkeit jemals begreifen werde. Sie sind wie –" Dot hielt inne und kniff die Lippen fest zusammen, als sie nach einem passenden Vergleich suchte, „– wie ein Töpfer, der nach stundenlanger Arbeit seine Werke aus dem Ofen nimmt und sie ohne erkennbaren Grund sofort gegen die Wand schleudert. Sie *wußten*, daß Sie Richard an einem sehr wichtigen Punkt unterbrachen – ich bin ganz sicher, daß Sie es wußten. Es ist mir ein unerklärliches Rätsel, wie Sie in der Lage sein können, derartig niedrigen Impulsen nachzugeben. Sie sind unbelehrbar!"

„Nein, das bin ich nicht", sagte Dave schmollend, „ich bin Anglikaner. Ich weiß nicht, warum ich solche Sachen mache, Dot. Wenn mein Töpfchen jedesmal, wenn ich ‚Erfolg' hatte, eine kleine Melodie gespielt hätte, wäre ich heute vielleicht eher in der Lage, Dinge selbstbewußt bis zu Ende zu bringen . . . Ernsthaft, ich weiß nicht, warum ich so etwas mache. Recht zu haben macht mir ebenso viele Sorgen wie unrecht zu haben. Wahrscheinlich stecke ich voller Komplexe. Ich werde jetzt Buße tun."

Mit absurder Zerknirschtheit warf er sich zu meinen Füßen auf den Boden, wobei er beinahe den Tisch umstieß, auf dem unsere Kerze stand, und schickte sich an, Buße zu tun.

„Oh, du guter, enger, weiser und wunderbarer Freund", greinte er, „ich erbitte in Demut deine geschätzte Verzeihung dafür, daß ich dir das Wort abgeschnitten habe. Bitte sei so freundlich und beglücke uns mit dem Entzücken deines Vortrags oder, wenn es dir angemessen erscheint, durchschneide den Hals deines unseligen Dieners und laß mich hier zu deinen Füßen sterben. Was auch immer du beschließt – sei ein guter Kerl und bring's hinter dich. Wir haben nicht mehr viel Zeit."

Er stand auf, klopfte seine Knie ab und setzte sich mit jenem Kleine-Jungen-Ausdruck im Gesicht, der bei Dot immer den Glucken-Instinkt zum Vorschein bringt.

„Nun, ist mir vergeben?"

„Seien Sie nicht albern, David", sagte Dot milde, „keiner von uns könnte es sich leisten, irgend jemandem nicht zu vergeben, und das gilt ebenso für mich. Ich habe mich nur ein wenig geärgert, daß Sie sich wieder einmal in Albernheiten geflüchtet haben. Natürlich vergeben wir Ihnen, wie sehr Sie unsere Toleranz auch auf die Probe stellen."

„Ich muß sagen", fügte Nunc in dem kristallklaren Ton hinzu, der für ihn so typisch war, „daß ich sehr bewegt und getröstet bin über die Art und Weise, in der diese kleine Gruppe von Menschen mich akzeptiert und, wie ich hoffe, mit Liebe aufgenommen hat, obwohl ich so anders bin als ihr anderen, und nicht einmal ein richtiges Mitglied eurer Kirche."

„Du bist schließlich ein Außerirdischer, kein Baptist", murmelte

Dave, aber die Freude, die Nunc uns allen durch seine Worte machte, war nicht zu übersehen, besonders bei Dot, die ja unseren fremdartigen kleinen Freund regelrecht getröstet hatte, als er besonders verletzlich war.

„Ich vergebe Pfarrer Persimmon, und ich liebe Nunc, und ich würde zu gerne Mr. Cravens Gedicht hören", sagte Hartley und faßte damit die Lage treffend zusammen.

„Also schön", sagte ich, als hätte ich mich wider besseres Wissen überreden lassen, „aber ich werde euch erst etwas anderes vorlesen, nur als kleine Strafe für unseren gesegneten Hirten hier." Ich nahm ein Blatt Papier aus meiner Tasche und glättete es auf meinem Knie. „Seit neulich abend ist es mir viel leichter gefallen, über Ednas Krankheit und Tod nachzudenken, und ich habe mich an viele Dinge erinnert, die ich jahrelang in den Hintergrund verdrängt haben muß. Mir fiel zum Beispiel plötzlich wieder etwas ein, das sich ereignete, kurz nachdem sie zum – ich weiß nicht – dritten oder vierten Mal ins Krankenhaus gekommen war. Sie hatte wirklich schlimme Schmerzen, lag flach auf dem Bett und keuchte alle paar Sekunden, wenn diese Krämpfe kamen, und ich saß neben ihr und hielt verzweifelt ihre Hand, als ein Besucher kam. Es war ein Mann aus ihrer Gemeinde namens Victor Pyford, einer von diesen großen, knochigen Männern, die immer eine Krawatte tragen und sich eigentlich nach dem halben Vormittag schon wieder rasieren müßten. Er hatte gehört, daß Edna wieder im Krankenhaus sei, und dachte, sie würde sich freuen, wenn er vorbeikäme und für sie betete. Er meinte es sicherlich gut, aber ihr hättet sein Gebet hören sollen! Wohltönend ist gar kein Ausdruck! Es handelte sich größtenteils darum, wie dankbar wir doch sein sollten, daß es uns (damit meinte er Edna) soviel besser gehe als irgendeinem vage definierten Teil der menschlichen Gemeinschaft, der viel schwerer litte, als wir es uns je vorstellen könnten. Und die gute Eddy, buchstäblich an der Schwelle des Todes und voller körperlicher Schmerzen, sollte nun ihren Zustand als eine relativ leichte Beschwernis betrachten.

Zuerst war ich sehr verärgert, aber während dieser Typ mit seiner Beerdigungsstimme sich weiter darüber ausließ, wie schrecklich doch alles sei, traf sich Ednas Blick mit meinem, und wir fingen beide gleichzeitig an zu kichern. Darin war sie großartig – sie hatte einen phantastischen Sinn für Humor, selbst in den schlechtesten Zeiten –, und ich erinnere mich, daß ich damals dachte, es wäre bestimmt lustig, eines Tages eine leicht übertriebene Version dieses Gebetes zu schreiben, aber es kam mir nie wieder in den Sinn, das heißt, erst in dieser Woche wieder."

Hartleys Augen waren weit vor Erinnerungen und Interesse, während er zuhörte. Jetzt, als er sprach, schien er Edna direkt im Zentrum der Flamme zu sehen, die vor uns brannte.

„Edna hat dem alten Pfarrer einmal einen Witz erzählt, und er hat nicht gelacht."

„Dem alten Pfarrer?" fragte Dave.

„Dem Pfarrer Stamford-Pargetter, der hier war, lange bevor Sie kamen, Pfarrer Persimmon. Er besuchte Edna einmal und fragte sie, ob sie irgendwelche Fragen hätte, die sie ihm stellen wollte. Sie sagte, ja, sie hätte eine Frage, und er sah sehr zufrieden aus und fragte, welche. Sie sagte, sie frage sich, ob es wahr sei, daß es neuerdings in den Supermärkten spezielle Kassen für anglikanische Geistliche gebe, und Pfarrer Stamford-Pargetter sah sehr überrascht aus und sagte: ‚Was in aller Welt meinen Sie damit, Miss Craven?' Und sie sagte: ‚Als ich zum letzten Mal im Co-op war, hätte ich schwören können, daß über einer der Kassen ein Zeichen hing mit der Aufschrift NEUNUNDDREISSIG ARTIKEL* ODER WENIGER.' Ich habe den Witz nicht verstanden, aber ich erriet, daß es einer war. Pfarrer Stamford-Pargetter lächelte nicht einmal. Er sagte: ‚Von einer solchen Innovation ist mir nichts bekannt, Miss Craven, und ich halte eine solche Einrichtung für äußerst unwahrscheinlich.' Dann bekam Edna einen kleinen Hustenanfall, aber ich glaube, in Wirklichkeit lachte sie. Später, als der Pfarrer gegangen war, meinte sie, er sei ein ‚Geistlicher von der kalten Schule', aber am Ende würde schon alles gut mit ihm werden."

„Ich glaube, Edna muß wohl eher gesagt haben ‚ein Geistlicher von der *alten* Schule, Hartley", meinte Dot freundlich.

* Die Lehre der anglikanischen Kirche wurde 1563 in neununddreißig Artikeln niedergelegt, die bis heute gültig sind.

„Oh nein, Dot", sagte ich, „bei allem Respekt für Pfarrer Stamford-Pargetter bin ich ganz sicher, daß Hartley sich genau erinnert, was Edna gesagt hat. Er hat hier nicht gerade einen Steppenbrand entfacht, oder? Oder haben Sie ihn anders in Erinnerung?"

Dot schüttelte traurig den Kopf. „Nein", gab sie zu, „er war kein besonders inspirierender Mann, fürchte ich."

„Im Gegensatz zu mir, was, Dot?" sagte Dave bescheiden.

„Sie haben gewiß einige Brände entfacht, David", antwortete Dot schlagfertig, „häufig unabsichtlich, aber in letzter Zeit nicht mehr so wahllos."

„Meine Güte!" sagte der Pfarrer. „Ich glaube, wir kommen lieber wieder auf dein literarisches Werk zurück, Dick."

„Richtig – nun, wie ich schon sagte, kam mir diese Woche das erbärmliche Gebet des alten Pyford wieder in den Sinn, und das erinnerte mich gleichzeitig an eine Hochzeit, die ich vor ungefähr einem Jahr besuchte. Es war eine dieser ganz besonders christlichen Veranstaltungen, aber sonst sehr nett, und alles lief recht gut, bis die Zeit kam, das Gebet vor dem Festessen zu sprechen. Man hatte so eine Frau darum gebeten, ein weibliches Äquivalent von Victor Pyford –"

„Meinst du, sie brauchte eine Rasur?" unterbrach Dave. Ich ignorierte ihn.

„Sie baten sie, ein Gebet zu sprechen, bevor wir mit dem Essen begannen, aber das war ein großer Fehler, weil sie zu den Leuten gehörte, die in der Lage sind, die fröhlichste Veranstaltung in eine Art Totenwache zu verwandeln. Ich wage gar nicht darüber nachzudenken, was die Nichtchristen davon wohl gehalten haben."

Ich tippte auf das Papier auf meinem Knie.

„Also schrieb ich diese Woche eine stark übertriebene Version dessen, was sie sagte, und ich wünschte nur, die alte Edna wäre hier und könnte es hören – sie würde sich ausschütten vor Lachen. Sie haßte es, wenn jemand nicht wußte, was einer Situation angemessen war und was nicht."

„Also los", sagte David ungeduldig und ließ seine Knöchel knacken, „laß es uns hören. Ich wette, es ist ungefähr so witzig wie der Verdauungstrakt eines Ohrwurms."

Ich ergriff das Blatt mit beiden Händen und begann, mit einer dünnen, brüchigen Stimme zu lesen, die sich mit monotoner Vorhersagbarkeit hob und senkte.

Dies ist ein freudiger Anlaß, aber wir wollen uns auch an diejenigen erinnern, die gerade jetzt mit großen, wuchernden Geschwüren bedeckt sind. Wir bringen alle niedergeschmetterten Menschen vor dich und beten, daß sie in ihrem schmerzlichen Zustand doch deine Freude erfahren dürfen. Schenk deinen Frieden den Menschen in aller Welt, die an Wundbrand leiden, und denen, die gerade jetzt im Begriff sind, einen elektrischen Draht zu berühren und zu Kohle zu verbrennen. Wir bringen alle Dachdecker vor dein Angesicht, deren Gerüste nicht sicher sind; wir beten für ihre Glieder, die alten wie die neuen; und in diesem Moment, wo wir mit diesem köstlichen Festmahl beginnen, erinnern wir uns insbesondere an jene durchgefrorenen Leute, die draußen in der Dunkelheit herumkriechen und sich von Schnecken ernähren. Mögen sie Geschmack an diesen Schnecken finden und sie voller Freude genießen, wie auch wir in wenigen Augenblicken unseren Krabbensalat genießen werden.

Mögen wir, während wir dieses Essen verzehren, uns bewußt sein, daß andere verzehrt werden von riesigen Anacondas und ausgehungerten Angehörigen der Familie der Großkatzen, die entweder zu alt oder zu schwach sind, nach angemessenerer Beute zu jagen.

Während diese Festlichkeiten unsere Stimmung heben, laß uns eins sein mit jenen, die in Flugzeugen emporgehoben wurden und nun gezwungen sind, sie vor der Landung wieder zu verlassen. Wir danken dir für jene, die mit Fallschirmen ausgerüstet sind, und wir strecken uns im Geiste nach denen aus, die keine haben. Mögen sie erfahren, daß unter ihnen ewige Hände sind – oder ein Teich.

Und so beten wir nun für diesen Abend, und wir erbitten die Kraft, Lebensmittelvergiftungen und plötzliche Erkrankungen still zu erdulden, so daß nichts die Freude dieser beiden jungen Leute mindern möge, weder jetzt noch zu der Stunde, da der Tod sie scheiden wird und da einer untröstlich als Witwe oder Witwer zurückbleiben und der andere als lebloser Leichnam in der kalten Erde ruhen wird. AMEN.

Und nun wollen wir unserer Freude nichts im Wege stehen lassen ...

Es war offensichtlich, daß Dave dieses Stück Nonsens doch etwas witziger fand als den Verdauungstrakt eines Ohrwurms. Er lachte sogar so heftig, daß sein Stuhl nach hinten umkippte und er einen unansehnlichen Purzelbaum rückwärts vollführte und nach Atem ringend flach auf dem Bauch liegen blieb. Dot und Hartley lachten auch, aber Nunc lächelte nur und schaute mich mit einem fragenden Ausdruck an.

„Oh je!" stöhnte der Pfarrer, als er endlich wieder zu Atem kam. „Ich dachte schon, jetzt ist es aus mit mir, ehrlich! ‚Andere werden verzehrt' – oh nein! Das war urkomisch, Dick, aber ich muß dir sagen ..."

Er hievte sich vom Boden hoch und ließ sich zurück auf seinen Stuhl fallen, den Hartley gerade aufgestellt hatte. Er rieb sich die nassen Augen mit seinem großen Handrücken und sprach mit schwacher Stimme.

„Wie gesagt, das war urkomisch, aber ich bin eigentlich tief und umfassend beleidigt über das, was du gerade gesagt hast. Mein Onkel Rupert war ein einbeiniger Dachdecker, ich selbst bin ein absoluter Sklave des Wundbrandes, mehrere meiner Verwandten sind von Anacondas gefressen worden, die Geschwüre meines Großvaters väterlicherseits waren stadtbekannt, und ich züchte Schnecken als Haustiere. Ich bin völlig am Boden zerstört." Aus der Tiefe seiner Brust brach erneut ein Kichern hervor. „‚Still zu erdulden' – oh nein!"

Infolge von Daves überschwenglicher Reaktion war unsere arme kleine Kerze ausgegangen, aber es war dennoch heller als vorher. Nunc leuchtete hell auf, als er den Gedanken aussprach, den er schon seit Minuten still bewegte.

„Ich ersuche und beschwöre dich, Richard, uns die Verse vorzulesen, die du geschrieben hast, auch wenn du hoffst, daß wir vergessen, daß es sie gibt, weil du sie hinter unserem Gelächter versteckt hast."

Nunc hatte eine ungewöhnliche Gabe, die Ereignisse auf eine

ganz charakteristische Weise zu formen und zu lenken. Er hatte natürlich völlig recht. Ich hatte gehofft, wir würden uns an dieser Stelle trennen, und das zweite Blatt Papier würde sicher in meiner Tasche verstaut bleiben. Nun blieb mir nichts mehr übrig, als es vorzulesen. Alle Blicke richteten sich in gespannter Erwartung auf mich, während ich meinen zweiten Beitrag hervorholte.

„Es handelt vom Tod", sagte ich. „Ich wollte nicht einmal an den Tod denken, seit Edna gestorben ist, aber diese Woche erinnerte ich mich daran, wie verwirrt ich an dem Tag war, als sie ging. Mir wurde klar, daß ich mich nie ernsthaft damit auseinandergesetzt hatte, obwohl doch ihre Krankheit schon seit so langer Zeit in diese Richtung gedeutet hatte. Vielleicht lag es daran, daß ich keine Gewißheit darüber hatte, was hinterher geschieht. Und damit bin ich natürlich nicht allein. Der Tod wird immer noch wie ein schwarzes Schaf der Familie behandelt, das von Zeit zu Zeit aus dem Exil zurückkehrt, alle durcheinanderbringt und den Frieden stört, bis es wieder verschwindet. Jetzt will ich darüber nachdenken. Ich will wissen, was er bedeutet. Das hier ist also nur ein Anfang – ein Vortasten. Und das letzte Stück – die letzte Strophe – rührt aus den Dingen, die in letzter Zeit geschehen sind, und aus dem, was Edna glaubte, also ist es eigentlich – na ja, zumindest größtenteils sie, die diesen Teil spricht, glaube ich."

Den anderen, die an diesem Abend dort waren, habe ich nichts davon erzählt, aber die nächsten paar Minuten brachten für mich einen neuen echten Wendepunkt mit sich. Ich werde nie vergessen, wie diese vier Gesichter wie orangefarbene Monde glänzten, als ich zu lesen begann. Sie waren die ersten Menschen, denen ich mich wirklich ganz auslieferte. Ich bete, daß es noch andere geben wird. Hier sind die Verse, die ich las:

Was machen wir mit dem Tod?
Gar nichts –
Das Monster ist sorgsam verborgen
Es ist nirgendwo zu sehen im Zoo
Ein Blick von ihm, es ginge niemand mehr hin
Wir wollen nicht sterben und auch nichts vererben

Der Tod ist der Fluch unterm Leichentuch
Heut' woll'n wir uns nicht darum sorgen.

Was machen wir mit dem Tod?
Gar nichts –
Wir graben ihn tief hinein
Unter die Erde und hoffen, Gott werde
sich nachsichtig zeigen, sein Recht für uns beugen
Oder er wird verbrannt und flüsternd genannt
Der Schrei nach dem Traum voll Schrecken und Grau'n
Kein Laut könnte einsamer sein.

Was machen wir mit dem Tod?
Gar nichts –
Wir meiden sogar schon das Wort
Er ist verschieden, weilt nicht mehr hienieden
Sie ist heimgegangen, so heißt es voll Bangen
Er ist verblichen, seine Zeit ist verstrichen.
Ein vergifteter Speer, der von innen her
Uns mit Furcht füllt, wenn er uns durchbohrt.

Was machen wir mit dem Tod?
Gar nichts –
Doch einst, als die Zeit sich gewendet
Gab ein Sieger sein Leben voll Schmerzen und Beben
Unsre Schuld er trug, eine Schlacht er schlug
Doch das Kreuz war sein Sieg, denn er kehrte zurück
Und sein Tod durchschneidet das Band, wir sind frei
Durch das Werk, das Jesus vollendet.

Fünfter Teil

Davids Bericht

1

Als ich las, was Dot, Hartley und Dick Craven geschrieben hatten, schüttete ich mich aus vor Lachen, heulte wie ein Schloßhund und wurde so wütend, daß ich mit der Faust auf meinen Schreibtisch prügelte wie mit einem Vorschlaghammer. Was für ein Trampeltier! Ich, meine ich. Diese fürchterlichen Witze, dieses gedankenlose Herumpoltern, diese unglaubliche Durchsichtigkeit der Absichten und Motive. Einige Dinge haben mir gefallen –, die ganze Geschichte mit Vincent zum Beispiel – aber im großen und ganzen komme ich rüber wie ein schlecht ausgebildeter altenglischer Schäferhund, der am Veitstanz leidet.

Ich will nicht sagen, daß das Gute, das Schlechte und das Häßliche alles nicht stimmt. Es wäre nicht so schlimm, wenn es so wäre. Was mir die Eingeweide verschmachten ließ (um einen theologischen Ausdruck zu gebrauchen), war die gewaltige Kluft zwischen meinem wahren inneren Wesen und dem Eindruck, den ich offenbar auf andere mache. Ich weiß, daß Dot und die anderen den kleinen, verletzlichen, pfeifenden kleinen Persimmon kennen, der diesen Yeti von einem Körper bewohnt, aber auf andere muß das sehr verwirrend wirken. Ich fand es sehr interessant, was mein lieber Hartley darüber schrieb, daß er immer seine Stimme verliere, wenn Leute aggressiv werden. Ich verliere nicht gerade meine Stimme, aber mein Geist trocknet aus, und ich sage oder akzeptiere Dinge, die mir ein Greuel sind. Diejenigen, die bisher nur „Hulk" Persimmon kennengelernt haben, wären erstaunt.

Ich erinnere mich zum Beispiel, wie ich einmal in London zu einem Fotografen ging, um ein paar Bilder für Verwandte in Australien machen zu lassen. Sie hatten ein masochistisches Verlangen danach geäußert, zu „sehen, wie ich jetzt aussehe“, und so beschloß ich, auf diese eigenartige Laune einzugehen.

„Bernie Vallon – Fotograf“ erwies sich als ein leicht übergewichtiger Bär von einem Mann in ausgebeulten Samthosen und einem knopflosen Seidenhemd. Sein glattes, langes Haar umrahmte ein breites, wohlgenährtes Gesicht, auf dem ständig ein sardonisches Lächeln lag. Um den Hals trug er an einem Lederriemen einen schweren Silberanhänger, und an den Füßen trug er ein Paar gelbe Holzclogs, die fürchterlich klapperten, wann immer er sich über den Linoleum-Fußboden seines Studios bewegte. Ich verabscheute und fürchtete ihn auf den ersten Blick und wünschte mich weit weg. Während er seine Kamera aufbaute, unterhielt er sich mit mir in einem volltönenden Straßenjargon, und in mir krampfte sich alles zusammen.

„Ich habe da drüben ein paar ganz besondere Bilder von ein paar saftigen Hühnchen“, sagte er, „wir können ja hinterher ein bißchen darüber herumsabbern.“

Da ich im Augenblick meinen Kragen nicht trug, konnte er wohl kaum wissen, daß ich ein Geistlicher war. Ich bezweifle jedoch, daß es einen großen Unterschied gemacht hätte. Er war einer von den Leuten, die davon ausgehen, daß jeder menschliche Teich auf dem Grund verschlammt ist. Ich wußte genau, was ich auf diese groteske Einladung erwidern wollte. Ich bin nicht weniger lüstern als jeder x-beliebige Mann (Entschuldigung – als jede x-beliebige Person!), aber ich verspüre echten Abscheu vor Darstellungen von Frauenkörpern zum Zweck des „Sabberns“, und selbst wenn das nicht so wäre, bin ich schließlich immer noch ein Christ (jedenfalls so eine Art), so daß ich genau wußte, was ich hätte sagen *sollen*. Aber ich sagte es nicht! Warum sagte ich es nicht? Irgend etwas an dem Selbstvertrauen und der zynischen Unverblümtheit des Mannes ließ mir die Worte im Hals steckenbleiben. Schon der Gedanke, meine Stimme fadenscheinige Aussagen über das, was ich glaubte, hinausblöken zu hören, kam mir entsetzlich vor. Ich war ganz sicher, daß dieser Faschist der fotografischen Welt meine Ansichten, meine Überzeugungen und meinen Glauben nehmen, wie eine Handvoll benutzter Papiertücher zusammenknäulen und in seinen Pedalabfalleimer werfen würde.

„Oh, tatsächlich? Nun, äh . . . schauen wir mal, wie's so läuft, was?"

Das war es, was ich tatsächlich sagte, während ich auf dem lächerlich winzigen Hocker, auf den er mich gesetzt hatte, balancierte und posierte. Danach wurde es auch nicht besser. Im Laufe der nächsten zwanzig Minuten gab ich meine stillschweigende Zustimmung zu seiner Aussage, es sei völlig vernünftig, einem etwaigen Einbrecher mit der Schußwaffe, die er in der Toilette gleich hinter seiner Haustür aufbewahre, den Schädel wegzuballern. Ich quäkte vage zustimmend zu seiner Ansicht, alle Drogen sollten für jedermann frei verfügbar sein. Ich gab ein nicht ganz überzeugtes Summen von mir, als er die weißen Südafrikaner als in politischer Hinsicht völlig mißverstanden beschrieb. Ich akzeptierte stillschweigend seine persönliche Überzeugung, daß Hängen und Auspeitschen als Strafen für eine Reihe von Bagatelldelikten eingeführt werden sollten, an die ich mich im Moment nicht erinnern kann. Und ich stellte mich widerstandslos hinter seine Forderung nach völliger Abschaffung der Zensur in allen Bereichen der Medien, unabhängig vom Alter und der Verwundbarkeit der Rezipienten.

Als ich die Wohnung dieses modernen Mussolini in King's Cross verließ, fühlte ich mich wie eine moralische Leiche. Ich ekelte mich ungefähr gleichermaßen vor ihm und mir und bat im stillen Gott wortreich um Vergebung dafür, daß ich ihn so im Stich gelassen hatte.

Ich möchte nicht viel über das sagen, was an dem Abend, über den Hartley berichtet hat, mit mir geschah, außer daß ich auf eine eigentümliche Weise Kontakt zu dem Kind bekam, das ich einmal war, und zum ersten Mal begriff, daß es die Leute waren, die meine Welt „auf der anderen Seite der Tür" zusammenbrechen ließen, die mir meine Widerstandskraft raubten. Dominante Figuren wie Bernie Vallon – Fotograf – und Nigel Forsyth – Organist –

bringen einfach das gebeutelte Kind in mir zum Vorschein – im Grunde jeder, der darauf besteht, mich die Muskeln auf ihren Ansichten spüren zu lassen.

Das war der Grund, warum ich dem verschobenen Abendessen mit besagtem Organisten mit Grauen entgegensah. Würde ich zorniger und frustrierter als je zuvor daraus hervorgehen, oder würde sich irgendeine Wendung der Situation ergeben? Ich war keineswegs optimistisch, aber Nunc hielt es für eine gute Idee, und er schien viele Dinge zu „wissen", wie einer von den anderen sagte; also war es einen Versuch wert.

2

„Wie ist Ihr gesellschaftliches Ereignis verlaufen, David?"

Das war Dots erste Frage bei unserem nächsten Treffen – eine Woche nach dem Abend, an dem ich zum ersten Mal seit vierzig Jahren einen Purzelbaum rückwärts gemacht hatte. (Ich darf nicht vergessen, mich bei Dick dafür zu bedanken, daß er diesen unwürdigen kleinen Zwischenfall so gewissenhaft aufgezeichnet hat.) Dick war noch nicht da, aber wir anderen hatten uns geeinigt, daß es in der Sakristei wärmer und gemütlicher wäre als irgendwo sonst in dieser wieder einmal sehr stürmischen Nacht. Dot mußte allen Protesten zum Trotz auf dem einzigen verfügbaren Lehnstuhl Platz nehmen, einem großen, glänzenden Ding aus Leder, das mit irgend etwas Unaussprechlichem gepolstert war. Hartley thronte auf unserem Reserve-Bischofsstuhl, ich hatte mich demütig und aufopferungsvoll in einen uralten, harten, engen, aufrechten Stuhl neben dem Schreibtisch gezwängt, und Nunc hockte auf dem Rand eines jener obskuren kirchlichen Einrichtungsgegenstände, von denen Dick gesprochen hat – immer aus Teak und immer völlig veraltet. Alle drei Glühschlangen des elektrischen Heizstrahlers arbeiteten auf vollen Touren, und

Beleuchtung spendete uns eine ungewöhnlich häßliche Stehlampe, die ich großzügigerweise von einem Gemeindeglied, das sich nicht entschließen konnte, sie wegzuwerfen, als Geschenk akzeptiert hatte.

Der alte Kirchensafe stand für Dick als Strafe für seine Verspätung bereit, falls er noch käme.

„Dot“ sagte ich, „vor zwei Wochen haßte ich Nigel Forsyth mehr, als ich mit Worten ausdrücken konnte, aber seit gestern abend . . .“

„Ja?“ ermunterte mich Dot erwartungsfroh.

„Seit gestern abend habe ich den Eindruck, daß ich mich adäquat ausdrücken kann.“

„Haben Sie Mr. Forsyth stranguliert?“ fragte Hartley hoffnungsvoll.

Dot schnalzte laut mit der Zunge. „Wollen Sie wirklich sagen, David, daß sich überhaupt nichts geändert hat? Ich hatte wirklich geglaubt, Sie wären in der Lage, sich in dieser Beziehung weiterzubewegen nach dem, was hier vor drei Wochen geschehen ist. Was nützt es schon, wenn –“

„Halten Sie ein, Dot!“ Ich hob in Ergebung meine Hände. „Sie verstehen mich nicht richtig. Der Abend, den ich mit dem lieben Nigel verbrachte, hat meine Auffassung, daß er eine Ratte erster Ordnung ist, nur bestätigt. Der Unterschied ist, daß mir heute ein wenig klarer ist, daß ich selbst auch nur eine Ratte von einer anderen Sorte bin. Außerdem sind wir beide von zwei ganz unterschiedlichen Laborbelegschaften auf zwei völlig verschiedene Labyrinthe dressiert worden, so daß es nicht im mindesten überraschend ist, daß wir . . . äh . . . völlig verschieden sind.“

„Lassen Sie Ihre Vorträge über Determinismus, David“, sagte Dot mit jener Schärfe, die ich an ihr so bewundere, „was hat sich *wirklich* verändert?“

Ich seufzte und rutschte auf meiner hölzernen Falle umher. „Ich habe mich verwundbar gezeigt, Dot. Das habe ich vorher nur bei euch versucht, aber ich wollte es gestern abend mit Nigel versuchen und sehen, was dabei herauskommt.“

„Normalerweise treten Sie leise, wenn Sie mit Mr. Forsyth sprechen, nicht wahr, Pfarrer Persimmon?" Es war eine vollkommen arglose Bemerkung von Hartley.

„Ja, Hartley", antwortete ich, „Sie haben absolut recht. Normalerweise trete ich leise, wenn ich mit Mr. Forsyth spreche, aber dieses Mal war es nicht ganz so wie sonst, denn ich versuchte von Anfang an so ehrlich zu sein, wie ich konnte, und mich so schwach zu zeigen, wie ich mich wirklich fühlte. Und", fügte ich mit einem Seitenblick auf Dot hinzu, „ich habe diesmal nicht versucht, meinen Mut durch ein kleines Schlückchen vor dem Essen anzuheizen. Statt dessen betete ich, obwohl ich mir nicht sicher bin, wie sich der Schöpfer des Universums dabei vorkam, als Alternative zu einem dreifachen Scotch benutzt zu werden."

„Was ist ein dreifacher Scotch, David?" fragte Nunc leise von seiner erhöhten Warte.

„Das ist eine große Portion eines starken Getränks", sagte Dot, „das einen ganz wirr im Kopf und weich in den Knien macht. Es ruft ein fadenscheiniges Gefühl des Selbstvertrauens und der Unbesiegbarkeit hervor, und alles in allem macht man am besten einen Bogen darum."

„Ich glaube, der Schöpfer des Universums hat selbst schon so manche sehr demütige Gestalt angenommen", murmelte Nunc mit einem Lächeln.

„Nun", fuhr ich fort, „wenn wir die hochinteressante Frage, wie Dot dazu kommt, eine solche Expertin bezüglich der Wirkungen starker Getränke zu sein, einmal beiseite lassen – ich fing damit an, daß ich Nigel erklärte, warum ich ihn eingeladen hatte."

„Weil Sie ihn nicht leiden können, meinen Sie?" fragte Hartley.

„Ganz so taktlos war ich nicht, Hartley, so überraschend das auch erscheinen mag, aber ich war trotzdem ziemlich direkt. Da Dick noch in der Küche war und letzte Hand an unsere Blausäure-Vorspeise legte, setzten Nigel und ich uns mit unseren eleganten kleinen Sherrys ins Wohnzimmer, und das Gespräch verlief etwa folgendermaßen:

Ich: Ich nehme an, Sie wundern sich, warum ich Sie heute abend eingeladen habe?

Nigel: Nicht im geringsten, es sei denn, es ist Ihre Methode, die Leute einmal in drei Jahren zum Essen einzuladen, anstatt sie regelmäßig zu besuchen.

Ich: *(Gleichzeitig von Mordlust und einem völligen Versickern meines Selbstvertrauens bewegt)* Wollen Sie damit sagen, daß Sie verärgert darüber sind, daß ich Sie noch nie besucht habe, seit ich in die Gemeinde St. Wilfred's gekommen bin, Nigel?

Nigel: *(Etwas verlegen)* Nun, nein, eigentlich nicht – eigentlich nicht verärgert, nur ein bißchen überrascht.

Ich: Nun, würden Sie mir vergeben, daß ich Sie nicht besucht habe? Sie haben völlig recht – ich hätte Sie besuchen sollen, aber ich hatte den Eindruck, in unserer Beziehung zueinander so sehr versagt zu haben, daß ich es einfach nicht über mich brachte. Das ist einer der Gründe, warum ich Sie zum Essen eingeladen habe. Ich wollte sehen, ob sich unser Verhältnis nicht bessern kann. Wir sind nicht allzu oft einer Meinung gewesen, nicht wahr? In Ihrer Gegenwart fühle ich mich immer klein und albern – was nicht heißen soll, daß Sie dafür verantwortlich sind. Das fing alles schon an, lange bevor wir uns zum ersten Mal begegneten. Aber wir kommen nicht sehr gut miteinander aus, ist es nicht so?

Nigel: *(Für einige Momente sprachlos und von ungewöhnlichem Unbehagen erfüllt)* Ich bin mir nicht ganz sicher, worauf genau Sie hinauswollen, aber wenn Sie meinen, daß ich über die Art und Weise, wie Sie einige Aspekte der Arbeit in dieser Gemeinde angefaßt haben, nicht besonders erfreut bin – ja, dann haben Sie recht. Ronald Stamford-Pargetter, Ihr Vorgänger, hatte sehr viel Sinn für Musik und Sakramentales, und es hat mich enttäuscht, daß die Tradition, die er begründete, nicht weitergepflegt wurde. Was unsere persönliche Beziehung angeht – nun, ich glaube, daß wir sehr unterschiedliche Menschen sind. Sie scheinen, wenn ich das sagen darf, mit allem übereinzustimmen, was ich sage oder vorschlage, wenn wir tatsächlich einmal miteinander reden, setzen aber dann anschließend nichts von dem in die Tat um, was ich für abgemacht gehalten habe.

Ich: Das ist ein weiterer Punkt, für den ich Sie um Verzeihung bitten möchte. Ich habe mich sehr schwächlich und unfreimütig verhalten. Und ich habe hinter Ihrem Rücken Dinge über Sie gesagt – sehr lieblose Dinge. Sie werden mir auch dafür vergeben müssen.

Nigel: Ich glaube wirklich nicht –

Ich: Oh, und natürlich vergebe ich auch *Ihnen* für das, was Sie über *mich* gesagt haben.

Nigel: Ich kann Ihnen versichern, daß es nicht meine Gewohnheit ist, irgend jemandem gegenüber über den Pfarrer zu klatschen – falls Sie sich nicht auf einen konkreten Fall beziehen. Da Sie ja ein Student der Heiligen Schrift sind, können Sie vielleicht Kapitel und Vers zitieren.

Ich: Ich dachte an das, was Sie zu Stanley über mein Kommen nach St. Wilfred's gesagt haben. Über den Vers im Alten Testament, in dem meine Ankunft prophezeit würde. Ich glaube, es war Jona, Kapitel vier, Vers sieben – „Der Herr schickte einen Wurm". Erinnern Sie sich? Ich war wirklich erregt und wütend, als ich davon hörte, Nigel, aber wie ich schon sagte, ist mir in den letzten beiden Wochen deutlich geworden, wie viele negative Dinge ich schon über Sie gesagt habe. Also, vergeben wir einander, was meinen Sie?

Nigel: *(Mit eigenartig roter Gesichtsfarbe)* Ich glaube kaum, daß Bemerkungen, die ich unter vier Augen gegenüber engen persönlichen Freunden gemacht habe, etwas mit Klatsch oder öffentlicher Kritik zu tun haben. Und um ganz ehrlich zu sein, ich finde dieses Gerede über gegenseitige Vergebung ziemlich abstoßend. Wir sind zwei erwachsene Männer, die sich durch zufällige Umstände in einer Situation befinden, in der sie zusammenarbeiten müssen. Ich bin der Kirchenorganist, und Sie sind der Geistliche, der für die Gemeinde St. Wilfred's verantwortlich ist. Daraus mag sich die Notwendigkeit ergeben, unser Rollenverhalten ein wenig anzupassen, aber ich habe keine Lust, mich auf sinnlose Sentimentalitäten einzulassen. Wenn ich das sagen darf, Pfarrer Persimmon, es ist gerade diese unreife Art, Probleme anzugehen, die in letzter Zeit so viele Spannungen in der Gemeinde verursacht hat. Wie auch immer, Stanley hätte niemals wiederholen dürfen, was ich gesagt habe.

Ich: Dann haben Sie das also nur ihm gegenüber gesagt, Nigel? *(Schweigen)* Ich weiß, daß ich ziemlich unreif bin. Entweder schreie ich, oder ich blöke. Ich weiß, daß ich eine Menge Dinge falsch mache, aber wir haben doch alle unsere Fehler, nicht wahr? *(Schweigen)* Sie haben ein besonderes Talent für Musik – Sie sind ein hervorragender Organist [oh, tut das weh!], und ich bin in gar nichts hervorragend, aber ich will Jesus nachfolgen. Das zumindest haben wir doch gemeinsam, nicht wahr?

Nigel: *(Kopfschüttelnd)* Was ich habe, ist Respekt vor der Kirche und ihren Traditionen, und ich glaube nicht, daß wir das gemeinsam haben, wenn ich das sagen darf . . .

Und dann kam Dick herein und sagte, das Essen sei fertig, und Nigels Gesicht hellte sich auf. Er hält große Stücke auf Dick, weil er ein echter Schriftsteller und ein guter Gesellschafter ist. Ich habe danach nicht mehr viel gesagt – ich habe mir nur weiterhin Mühe gegeben, so nett wie möglich zu diesem Phantom des Oratoriums zu sein, aber er fand mich offensichtlich ungefähr so interessant wie ein gebrauchtes Taschentuch.

„Ich bin gekommen, damit sie eine gewisse Anpassung des Rollenverhaltens haben und sie in Maßen haben", fehlzitierte Nunc leise. „Wie hast du dich dabei gefühlt, David?"

„Eigenartigerweise", sagte ich, „habe ich mich ungewöhnlich frei gefühlt . . ."

Genau in diesem Moment „platzte" mein Stuhl, just als Dick durch die Tür hereinkam. Ich habe Hartley noch nie mit solch völliger Hingabe lachen sehen. Meinen Rückwärtssalto-Trick schaffte er nicht ganz – dafür war sein Thron zu solide –, aber er schrie buchstäblich vor Lachen und hing schlaff zur Seite wie eine

Schnapsleiche. Ich versuchte würdevoll auszusehen, aber wie üblich gelang es mir nicht.

„Ist das k-k-komisch!“ keuchte Hartley. „Gerade als Sie vom F-f-freisein sprachen, krach! bricht der Stuhl zusammen! Ist das k-k-komisch!“

„Habe ich die Kabarettvorstellung verpaßt, Dave?“ Dick lächelte über Hartleys hilflose Heiterkeit. „Tut mir leid, daß ich zu spät komme, aber ich habe gerade noch mit deinem Busenfreund telefoniert. Nigel scheint ganz schön verwirrt über gestern abend zu sein. Wo soll ich übrigens sitzen?“ Ich deutete auf den Safe. „Bist du sicher, daß du keine Sprengladung angebracht hast, Dave? Ich weiß, du hältst uns gern am Lachen, wenn du kannst.“

„Ich war gerade dabei, von gestern abend zu erzählen“, sagte ich, während ich Stücke der Armlehnen vom Boden aufsammelte. „Ich sagte gerade, daß ich mich ruhig und entspannt gefühlt habe, obwohl ich mit Forsyth keinen Schritt weiterkam. Hätte er freilich noch ein- oder zweimal ‚wenn ich das sagen darf‘ gesagt, wäre ich ihm vielleicht an die Gurgel gegangen. Er hat keinen Zentimeter nachgegeben.“

„Ich finde, du hast deine Sache gut gemacht, Dave“, sagte Dick, während er es sich auf dem Safe bequem machte. „Hier und da war noch ein Stachel zwischen den Friedensangeboten, aber im ganzen war es sehr beeindruckend. Zwar mußte ich für den Rest des Abends den größten Teil der Konversation bestreiten, aber das hat mich nicht gestört – ehrlich gesagt, ich fand mich ziemlich brillant.“

Hartley hatte sich endlich wieder erholt. „Bitte entschuldigen sie, Pfarrer Persimmon“, sagte er, „ich scheine in letzter Zeit ziemlich oft über Sie zu lachen, aber ich verspreche Ihnen, es liegt nur daran, daß Sie so komisch aussehen.“

„Oh, dann ist es ja gut“, antwortete ich etwas trocken, „solange es nur daran liegt, daß ich so komisch aussehe. Wie auch immer, um es zusammenzufassen, Nigel Forsyth und ich stehen nicht im Begriff, unsere bevorstehende Verlobung anzukündigen, aber andererseits fühle ich mich heute nicht mehr so beeinträchtigt oder bedroht durch ihn wie gestern. Und ...“ Etwas verlegen hielt ich inne.

„Und was?“ fragte Dot.

„Und ich habe angefangen, für ihn zu beten – neben anderen natürlich. Eigentlich habe ich überhaupt erst seit der Sache vor drei Wochen wieder zu beten angefangen, und ich spüre schon einen Unterschied. Es ist wie – ich weiß nicht – wie eine Realitätsmassage.“

„Wie ist es dazu gekommen, David?“ wollte Dot wissen. „Sie haben uns nichts davon erzählt, was sich nach diesem Abend ereignet hat. Ist irgend etwas Bedeutsames passiert?“

Ich rutschte unbehaglich auf meinem nunmehr armlehnenlosen Stuhl umher.

„Na ja, ich glaube schon, daß etwas passiert ist, aber . . . ich hatte eigentlich nicht vor, jemandem davon zu erzählen. Ich *werde* es euch erzählen – wenn ihr wollt, aber ich will nicht, daß jemand lacht, sonst werde ich sofort zu reden aufhören und einige Lieder singen. Schon gut, Hartley“ – der arme Kerl war leicht blaß geworden –, „ich weiß, wenn *Sie* lachen, ist es nur, weil ich so komisch aussehe.“

Dick Craven aus der Sexta hob zaghaft eine Hand.

„Ja, Craven“, antwortete ich, „sitz gerade, mein Junge, und sprich deutlich. Hör auf zu sabbern und ärgere die anderen nicht.“

„Ich habe mich gerade gefragt, ob es in Ordnung ist, auf einer tiefen Ebene äußerst erheitert zu sein, es aber nicht zu zeigen. Würde dir das etwas ausmachen? Oh, und hier ist ein Witz. Warum bin ich wie ein Wahlkandidat der Konservativen in Tunbridge Wells?“ Er klopfte auf den Metallsafe unter ihm. „Weil ich einen sicheren Sitz habe.“

„Schau die beiden an“, sagte ich und wies auf die Gesichter von Dot und Hartley, die keinerlei Heiterkeit zeigten. „Ihre Reaktion auf deinen abscheulichen Witz ist genau das, was ich erwarte, wenn sich meine bewegende Erzählung entfaltet. Habe ich mich klar ausgedrückt?“

„Bitte erzählen Sie uns, was geschehen ist, David“, sagte Dot geduldig. „All diese Absurditäten zeigen mir deutlich, daß etwas geschehen ist und daß es Ihnen sehr viel bedeutet hat. Was mich betrifft, so werde ich nicht lachen, wie Sie sehr wohl wissen. Sie versuchen lediglich bewußt Zeit zu schinden, und Richard hilft Ihnen auch noch dabei."

„Warst du am Freitagmorgen verwirrt, David?"

Nuncs vorsichtige Frage hatte den üblichen aufschließenden Effekt.

„Ja, Nunc, ich war verwirrt. Ich hatte zwar nicht wie Dick erwartet, daß Gott auf eine Tasse Kaffee vorbeikommen würde, aber ich wollte, daß etwas passierte. All das über die Begegnung mit dem armen kleinen Jungen, der ich einmal war, war notwendig, aber es hatte vor allem die Wirkung, hinderlichen Unrat aus dem Weg zu räumen. Es brachte mich dazu, mich am Freitagmorgen an meinen Schreibtisch zu setzen und dem Menschen, der ich wirklich bin, unter all dem leeren Geschwätz und dem Geläster über andere mehr oder weniger direkt ins Gesicht zu sehen, und das war kein besonders schöner Anblick. Ich nahm meine Bibel und versuchte, ein paar Verse zu lesen, aber ich konnte mich nicht darauf konzentrieren. Dann versuchte ich, mich selbst zu bemitleiden, aber das kriegte ich auch nicht so gut hin wie sonst. Als letztes flüchtete ich mich zu den Kalorien –"

„Oh, David!" rief Dot tadelnd.

„Doch selbst sechs Scheiben Toast mit Butter und Marmelade schienen mich keinen Deut näher zu Gott zu bringen."

„Sieben hätten vielleicht gereicht", sagte Dick, „mit Kaffee dazu."

„Also stapfte ich zurück an meinen Schreibtisch, klemmte mir den Finger in der Rolltür, als sie zurollte, fluchte laut –"

„Oh, David!"

„Entschuldigte mich bei der Wolke von Zeugen, die sich vermutlich allesamt auf meine Kosten herrlich amüsierten, und stellte plötzlich fest, daß meine Zunge sich gelöst hatte und ich wirklich zu Gott sprechen wollte. Wenn ich das sage, meine ich damit nicht, daß ich irgend etwas Religiöses tun wollte – ich meine schlicht und einfach, daß ich zu Gott sprechen, mich bei ihm ausweinen wollte, und das tat ich dann auch. Das Komische war . . ."

Wieder machte ich aus Verlegenheit eine kleine Pause und blickte in die Runde.

„Hat Gott zu dir gesprochen, David?“ fragte Nunc.

„Also, erst müßt ihr mir mal erzählen, ob er je zu euch gesprochen hat.“

„Nein“, sagte Hartley heiter, „zu mir hat er noch nicht gesprochen – jedenfalls nicht, daß ich's wüßte. Er sprach aber zu Edna, und manchmal auch über mich. Dann erzählte sie mir immer, was er gesagt hatte.“

„Wie ist es mit Ihnen, Dot?“

„Er spricht zu mir“, sagte Dot langsam, „durch die Bibel, durch die Natur und durch die Worte anderer Menschen. Und manchmal auch“, fuhr sie fort und schaute dabei Nunc an, „durch Bilder in meinem Geist oder sogar durch Worte, die unerwartet in meine Gedanken eindringen. Gottes Reden ist schließlich maßgeschneidert, nicht von der Stange. Er spricht so, wie er will.“

„Dick?“

„Ja, wir machen freitagsabends immer das Kreuzworträtsel zusammen und – tut mir leid, Dave, das ist mir ein bißchen peinlich. Ich schätze, ich bin bereit zu glauben, daß er im Grunde alles tun kann, was er will. Edna war gewiß der Meinung, daß er manchmal direkt zu ihr sprach, aber ich bin nicht sicher, was sie damit meinte. Auf jeden Fall hat er vor zwei Wochen hier zu mir gesprochen, aber ich glaube, das war etwas Besonderes – kein Montagmorgen-Schwatz an der Stechuhr, wenn ihr versteht, was ich meine. Ich labere. Ich weiß nicht, was ich darüber denken soll.“

„Ich spreche manchmal in einer komischen Sprache mit Gott“, sagte Hartley.

Schweigen.

„Was meinen Sie damit, Hartley?“ fragte Dot. „Wer hat Ihnen gesagt, daß Sie das tun sollen?“

„Niemand hat mir gesagt, daß ich das tun soll“, antwortete Hartley gleichmütig. „Ich ging eines Tages am Fluß entlang und suchte nach Fröschen, und plötzlich sprudelte eine komische Sprache in mir auf und aus meinem Mund heraus. Ich hatte das Gefühl, daß Gott damit zu tun hätte, aber ich war nicht sicher; also fragte ich Edna –“

„Dann ist das also schon Jahre her?“

„Ja, Pfarrer Persimmon, es war ungefähr einen Monat, bevor Edna starb. Ich fragte sie, was das wäre, und" – Hartley verfärbte sich leicht rosa – „sie küßte mich und sagte, es wäre ein Geschenk von Gott an mich, das es mir leichter machen sollte, zu ihm zu sprechen, wenn ich nicht wüßte, was ich sagen soll. Und das war es auch – ich meine, das ist es. Ich bin sehr froh darüber."

„Sie haben mir nie davon erzählt, Hartley", sagte ich, immer noch ziemlich verblüfft.

„Mir auch nicht", sagte Dot. „Warum haben Sie das David oder mir gegenüber nie erwähnt?"

„Niemand hat mich danach gefragt", sagte Hartley schlicht, „und ich bin nicht auf den Gedanken gekommen, daß es etwas mit der Gemeinde zu tun haben könnte. Hat es etwas mit der Gemeinde zu tun?"

Ich beschloß, ihm seine Erfahrung zu erklären. „Hartley", sagte ich, „diese komische Sprache, von der du redest, ist in Wirklichkeit –"

„Ein Geschenk von Gott, um es Hartley leichter zu machen, zu ihm zu sprechen, wenn er nicht weiß, was er sagen soll." Nuncs klare Stimme vervollständigte meinen Satz mit unwiderstehlicher Autorität. „Hat Gott zu dir gesprochen, David?"

Offensichtlich war es uns nicht gestattet, Hartleys komische Sprache weiter zu erörtern. Warum waren wir bei solchen Gelegenheiten so leicht bereit, Nuncs Entscheidungen zu akzeptieren? Fragen Sie mich nicht – wir taten es einfach.

„Na ja, ich glaube schon, daß er zu mir gesprochen hat, wenn auch nicht – wißt ihr, nicht mit einem Megaphon oder so etwas."

Ich stand auf, weil ich ein wenig hin- und hertigern wollte, aber es war kein Platz da, um sich zu bewegen, also setzte ich mich ziemlich verärgert wieder hin. Eine Unze mehr Intelligenz hätte mich ahnen lassen, daß ein Stuhl, dessen Armlehnen sich so leicht hatten demolieren lassen, kaum in der Lage sein konnte, der Wucht eines sich mit Höchstgeschwindigkeit herabfallen lassenden, einhundertfünfzehn Kilogramm schweren wütenden Geistlichen zu widerstehen. Ich durchschlug das verdammte Ding glatt, was mir eine verbläute Kehrseite und der versammelten Gemeinschaft einen neuerlichen Anlaß eintrug, sich vor Lachen auf dem Boden zu rollen. Dick half mir auf, als ob ich mich bereits im fortgeschrittenen Greisenalter befände, führte mich zu seinem gußeisernen Safe und sagte: „Also, bitte diesmal nicht zu heftig hinsetzen, so ist es gut, der Herr."

„Wenn ihr alle damit fertig seid, über meinen beschädigten Hintern zu gackern, kann ich euch vielleicht von meiner göttlichen Erfahrung erzählen. Sitzt du gut auf dem Fußboden, Dick?" Er nickte. „Gut! Warum laufen Sie dunkelrot an, Hartley? Los doch, lassen Sie es um Himmels willen heraus!"

Endlich war auch Hartleys explosive Heiterkeit verebbt, und ich konnte fortfahren.

„Es war nicht so sehr, daß Gott zu mir sprach, eher eine Art Dialog, den ich im Geist austrug. Klingt das verrückt, oder kann sich jemand etwas darunter vorstellen?"

Dot nickte eifrig, Hartley schüttelte eifrig den Kopf, Nunc lächelte ermutigend, und Dick formte mit den Lippen das Wort „verrückt".

„Na ja, was immer es war, es führte zu einer Veränderung, und ich werde euch davon erzählen. ‚Gott', sagte ich, ‚ich fühle mich in jeder Hinsicht miserabel, nicht nur körperlich, sondern in jeder Hinsicht. Danke für das, was gestern in der Kirche passiert ist, aber alles, was dabei herausgekommen zu sein scheint, ist, daß es mir gezeigt hat, wie heruntergekommen ich bin. Ich fühle mich ungefähr so interessant wie der todsichere Grand, den jemand anderes auf der Hand hat. Die meisten meiner Stimmungen könnte man mit einem Seismographen messen. Mein Körper fühlt sich an wie einer dieser altmodischen Taucheranzüge, nur nicht so bequem und mit schwereren Gewichten bestückt. Komm schon, Gott', flehte ich, ‚wie wäre es mit einem kleinen göttlichen Eingreifen? Bewirke doch bitte eine nette, übernatürliche Veränderung meines elenden Zustandes.'"

„Und hat er ein Wunder getan?" fragte Hartley aufgeregt.

„Na ja, an dieser Stelle fing eben dieser Dialog an, wenn es tatsächlich einer war. Er sagte: ‚Wunder? Na, ich weiß nicht; aber du bist dir bereits über sieben praktische Bereiche im klaren, die erheblich mehr Mühe und Aufmerksamkeit verlangen, als du bisher auf sie verwendet hast.'

‚Praktische Bereiche?' wiederholte ich argwöhnisch. ‚Ich hatte eigentlich eher auf ein Wun-'

‚Ja, praktische Bereiche. Ich werde sie mit dir durchgehen, ja?'

‚Na schön', murmelte ich undankbar, ‚auf geht's.'

‚Schön', sagte er, ‚beginnen wir mit dem ganzen Bereich der Routine. Du bist sehr schlecht organisiert, David. Du mußt dir einen klaren Bezugsrahmen schaffen, in dem du arbeitest. Warum führst du beispielsweise nicht den Hund jeden Morgen um die gleiche Zeit aus? Fang zu einer festen Zeit mit deiner Arbeit an und achte darauf, Zeit für ein vernünftiges Frühstück einzuplanen, *bevor* du anfängst. Letzte Woche war deine Predigt mit Marmelade bekleckert. Und wie wäre es, den wahrhaft revolutionären Schritt zu tun, die Post am selben Tag zu erledigen, an dem sie ankommt? Könntest du es vielleicht ertragen, den Telefonstecker herauszuziehen? Oder dir einen Anrufbeantworter zu kaufen? Ich weiß nicht, ich weiß nicht! Ich verbringe die Hälfte meiner Zeit damit, überorganisierte Typen aus dem Schwitzkasten ihrer übertriebenen Routine zu befreien, und die andere Hälfte damit, Leute wie dich vom totalen Chaos zu erretten.

Kommen wir als nächstes zur Ernährung. Wohlgemerkt, ich sprach gerade von einem *vernünftigen* Frühstück. Du denkst immer, ich wäre nur an geistlichen, abstrakten Dingen interessiert, aber ich mache mir ebenso Gedanken um deinen Bauch, mein lieber Sohn. Es ist zuviel davon da. Er steht vor. Du machst allmählich einen deutlich pränatalen Eindruck. Drücke ich mich klar aus?'

‚Ja, aber –'

‚Im Ernst, David, wie kannst du ernsthaft erwarten, voll einsatzfähig zu sein, solange du derartig übergewichtig bist? Mach eine vernünftige Diät – mal wieder –, und vielleicht kann ich dann ein wenig Wunderstaub verstreuen, wenn du an den Punkt des Durchbruchs kommst. Du wirst staunen, wie viele Dinge in allen Bereichen sich bessern, wenn du erst einmal auf Normalgewicht bist. Ich habe diese Maschine konstruiert – ich weiß Bescheid!'

‚Ja, aber –'

‚Kommen wir nun zum Thema Alkohol.'

‚Ah, aber –'

‚Die Geschichte deiner Leber liest sich wie ein Lehrbuch über *Die totale Aufrüstung.* Du hattest zweimal Hepatitis, und es gab eine Zeit in deinem Leben, in der du ganz versessen darauf zu sein schienst, dich selbst in Spiritus zu konservieren. Ich weiß, die Zeiten dieser wilden Trinkgelage sind vorbei, und natürlich hast du, wie immer, vollkommene Freiheit in dieser Sache. Ich habe nichts gegen Alkohol an sich; ich will nur sagen, daß du dich zügeln solltest!'

‚Ja, aber –'

‚Viertens wäre da die Frage der Erholung. Ihr Kinder der Sechziger seid alle gleich – ihr habt eine Heidenangst davor, zu einer vernünftigen Zeit ins Bett zu gehen, denn es könnte ja sein, daß um ein Uhr morgens etwas Aufregendes passiert. Für manche Leute ist das kein Problem. Aber für dich ist es eins! Du würdest staunen, wie viele sogenannte geistliche Probleme durch Übermüdung entstehen. Außerdem bist du nicht mehr so jung, wie du einmal warst.'

‚Dürfte ich vielleicht gerade –'

‚Und nun, David, machen wir uns doch nichts vor: Was dir am meisten fehlt, ist jegliche Form der Bewegung. Dein Blutdruck ist das einzige an dir, das sich schnell bewegt. Früher hattest du Spaß an Tennis und Badminton und Cricket. Jetzt braucht man einen Kran, um dich aus deinem Lehnsessel hochzukriegen. Keine Sorge! Wenn es mit der Ernährung und der Erholung und der Routine erst einmal richtig klappt, bist du bald wieder fit wie ein Turnschuh.'

‚Ich würde ja durchaus –'

‚Wo wir gerade von Routine sprechen, wir sollten uns regelmäßig treffen. Ich weiß, von Zeit zu Zeit zischst du mir etwas zu, schreist mich an, stöhnst mir etwas vor oder flehst mich um etwas an, und das stört mich auch nicht – ich komme schon damit zurecht. Aber ein solcher Mensch, wie du einer bist, muß jeden Tag auftanken, indem er sich eine ordentliche Portion soliden Kontakt mit mir gönnt. Was ja eigentlich nichts allzu Beschwerliches ist, wie du sehr wohl weißt. Wann immer wir richtig zusammengekommen sind, hat dir diese Erfahrung viel Frieden eingetragen, ein Gut, das, wie ich zufällig weiß, auf jeder Wunschliste, die du je geschrieben hast, an oberster Stelle stand. Sei dein eigener Weihnachtsmann. Plane mich in deinen Tagesablauf ein, und ich garantiere dir, daß ich da sein werde, auch wenn du böse auf mich bist – mal wieder.

Schließlich kommen wir zum Bibellesen.'

‚Vielleicht sollte ich –'

‚*Lies* die Bibel. Knabbere nicht daran herum wie eine nervöse Maus am Käse der Katze. Lies ein Kapitel – oder ein ganzes Buch. Verschaff dir eine Vorstellung von der gesamten Stoßrichtung. Wenn es etwas gibt, worauf du besonders achten mußt, sorge ich schon dafür, daß du es nicht übersiehst. Frag mich, wenn du etwas nicht verstehst. Sprich mit mir darüber. Sie ist mein Buch. Ich habe mehr Exemplare verkauft als Harold Robbins und Stephen King zusammen und bin in viel mehr Sprachen übersetzt worden.

Und damit ist mein Sieben-Punkte-Plan für dich vollständig, David Persimmon. Ab mit dir!'"

„Was wieder einmal zeigt", sagte Dick von seinem Platz auf dem Boden zu Dots Füßen, „daß man Gott keine Fragen stellen sollte, wenn man keine Antworten von ihm haben will. Dein Anteil an dem Dialog war sehr beeindruckend, Dave. Ein- oder zweimal warst du nahe daran, einen vollständigen Satz zu sagen."

„Glauben Sie, daß ein bißchen von Gottes Stimme darin war, Dot?" fragte ich. „Oder meinen Sie, da habe ich nur mit mir selbst geredet und versucht, mir Hoffnung zu machen? Jetzt, wo ich es noch einmal sage, klingt es ein bißchen praktisch – alltäglich."

Dot lächelte. „Ich bin in vieler Hinsicht eine dumme alte Frau, aber auf meiner langsamen und mühseligen Reise zu der Erkenntnis, daß ich nichts weiß, habe ich zumindest die göttliche Alltäglichkeit unseres Herrn ein wenig kennengelernt. Die Sache ist die, David" – Dots Lächeln schwand nicht, als Tränen in ihre Augen traten –, „jede Begegnung mit Gott, die ich jemals hatte, jede *echte*

Begegnung mit ihm, war wie das Erwachen aus einem Alptraum. Es ist ein Gefühl, als ob man zurückkommt zum Realen, Warmen und Vertrauten. Ich glaube, daß Gott sehr viel Sinn fürs Praktische hat und daß er in seine eigene Welt sehr gut hineinpaßt. Er ist für uns sehr alltäglich geworden, nicht wahr?"

Eine kleine Weile saßen wir schweigend da und dachten über das nach, was Dot gesagt hatte. Dann sprach Nunc mich an.

„David, wem aus dem Kreis der ersten Nachfolger eures Gründers fühlst du dich am nächsten?"

„Petrus", antwortete ich, ohne zu zögern, „obwohl ich nicht sicher bin, daß er und ich uns ähnlich sind. Ich denke, Jesus sagt zu mir: ‚Du bist Persimmon, und auf diesen Wackelpudding werde ich eine kurze Phase in diesem kleinen Teil meiner Gemeinde bauen.' Trotzdem, ich würde auf jeden Fall Petrus sagen."

„Ich habe gelesen", sagte Nunc, „wie dieser Petrus aus seinem Fischerboot sprang und durchs Wasser rannte, als er seinen Meister am Ufer sah. Zu diesem Zeitpunkt verstand er nicht, warum sein Meister gelebt oder gestorben oder wieder ins Leben zurückgekehrt war, nicht wahr?"

„Nein, er verstand es nicht", stimmte ich zu.

„Und er verstand oder wußte auch nicht, was die Zukunft ihm oder seinen Freunden bringen würde. Stimmt das nicht?"

Ich nickte.

„War es nicht auch so, daß seine drei Verleugnungen zwischen ihm und dem, den er verleugnet hatte, noch nicht zur Sprache gekommen waren?"

„So war es, Nunc. Es lagen unausgesprochene Dinge zwischen ihnen."

„Warum, glaubst du, rannte er dann an jenem Tag mit solcher Begeisterung auf seinen Meister zu?"

Einige Sekunden lang schien Nuncs Frage zwischen uns in der Luft zu hängen wie etwas Zerbrechliches und Wesentliches, wie Dick es hinterher ausdrückte. Hartley und ich antworteten absolut gleichzeitig mit den gleichen Worten.

„Weil er ihn liebte."

„Und was war dieser Mann, den er liebte?"

„Er war der Sohn Gottes", sagte Dot.

„Er war der Erlöser der Menschheit", sagte Dick.

„Er war der, der alles gemacht hat", sagte Hartley.

Nunc leuchtete wie ein Weihnachtsbaum, als er seine nächste Frage stellte.

„Und dieser Sohn Gottes, dieser Erlöser der Menschheit, der alles gemacht hat – was tat er, als Petrus atemlos und tropfnaß am Ufer ankam? Mit welcher feierlichen und majestätischen Handlung war der auferstandene Herr des Petrus gerade beschäftigt?"

Meine Stimme brach ein wenig, als ich antwortete.

„Er machte Frühstück für seine Freunde."

„Ist das alltäglich und praktisch genug für dich, Dave?" fragte mein Freund vom Fußboden.

„Glaubst du, daß es heute immer noch so ist, Nunc?" fragte ich und wünschte mir sehr, daß es so wäre.

„Ich bin nur ein Außerirdischer", sagte Nunc, „und ihr seid diejenigen, zu denen er in Gestalt eines Menschen kam, weil er euch liebte, aber mir scheint, daß er immer noch still am Ufer der wirklichen Welt darauf wartet, denen zu essen zu geben, die ihn lieben, sich mit ihnen zu versöhnen und ihnen die Sünden zu vergeben, mit denen sie ihn verletzt haben, und sie dann mit beruhigtem Geist und gestärkten Herzen auszusenden, um andere zu ihm zu bringen."

3

Nach dieser Rede Nuncs saßen wir mehrere Minuten lang so entspannt und einträchtig schweigend da, wie ich es selten erlebt habe – für mich etwas ganz Erstaunliches. Ich *hasse* Schweigen. Aber diesmal – nun ja, es war irgendwie anders. Es wurde schließlich von Hartley gebrochen, der mich mit vor Konzentration gerunzelter Stirn anstarrte, während er sprach.

„Wie werden Sie es anstellen, daß Sie von nun an aufhören, schreckliche Dinge über Mr. Forsyth zu sagen, Pfarrer Persimmon? Denn das tun Sie doch oft, wenn er nicht dabei ist, nicht wahr? Und wenn Sie das tun wollen, was die Bibel sagt –"

Ich schlug mir mit der Hand vor die Stirn. „Schon gut, Hartley! Botschaft empfangen, alter Junge. Ich will tun, was die Bibel sagt – und mir ist erst gestern plötzlich klar geworden, was Nunc meinte, als er sagte, ich würde wissen, was er ißt, weil es auch das Lieblingsessen Jesu sei."

„Sagte er nicht, es hätte etwas mit der samaritischen Frau am Brunnen zu tun?"

„Genau, Dick. Ich habe nachgeschaut. Es war, nachdem Jesus alle Jünger in das samaritische Äquivalent von Aldi geschickt hatte, um Lebensmittel einzukaufen. Keine Ahnung, warum er sie alle schickte – wahrscheinlich brauchte er eine Pause von all dem Getue und Geschwätz. Und als sie dann zurückkamen, sagte er ihnen, er brauche die Sachen nicht, die sie mitgebracht hatten, denn er hätte seine eigene Speise."

Dot zitierte, ohne zu zögern. „‚Meine Speise ist die, daß ich tue den Willen dessen, der mich gesandt hat, und vollende sein Werk.' Das hat Nunc gemeint."

„Genau, Dot, und damit möchte ich auch gefüttert werden. Ich glaube nicht, daß ich einen Teller mit Steak und Zwiebeln verschmähen könnte, wenn Gehorsam das einzige andere Gericht auf der Speisekarte wäre, aber ich habe die Lektion verstanden, und nächsten Sonntag" – ich langte hinüber zu einem der kleineren kirchlichen Möbelstücke und nahm einige Papiere aus einer flachen Schublade – „werde ich diese Predigt" – ich wedelte mit den Papieren – „ für die Gemeinde insgesamt halten, aber vor allem für mich selbst. Wie diejenigen unter euch, die *jeden* Sonntag in die Kirche gehen, wissen (kratz dich ruhig am Ohr, Dick), habe ich in letzter Zeit über die Gebote gepredigt. Kommenden Sonntag wäre eigentlich das zehnte Gebot dran gewesen, in dem es bekanntlich um die Habgier geht, aber da ich einen Sonntag für die öffentliche Zurschaustellung meiner Eingeweide verwandt habe, geht es tatsächlich, und das ist vielleicht eine Fügung, um Nummer neun."

„In dem es bekanntlich um –“

„Genau, Dot, perfekt, was?“

„David, darf ich dich bitten, etwas für mich zu tun?“ Nuncs Stimme klang plötzlich seltsam kleinmütig und unsicher. Er schien sogar kleiner zu sein als sonst. „Würde es dir sehr viel ausmachen, deine Predigt jetzt zu halten, heute abend?“

„Ich bin nicht abgeneigt, meinen Freunden Schmerz zuzufügen, Nunc, aber warum? Willst du sie wirklich zweimal hören?“

Nuncs weißer Körper wurde so blaß, daß er geradezu weniger sichtbar zu sein schien.

„Ich werde sie nicht zweimal hören“, flüsterte er.

Es war wie eine Schockwelle, die durch die Luft der Sakristei lief. Hartley hatte es nicht gleich begriffen, aber Dot und Dick und ich wußten sofort, was los war. Wir fingen alle gleichzeitig zu reden an.

„Willst du damit sagen –“

„Heißt das, daß –“

„Aber warum solltest –“

„Ich werde es euch hinterher erklären“, sagte Nunc und schnitt mit seiner leisen Stimme unsere Fragen so wirksam ab wie eh und je.

„Willst du wirklich, daß ich dieses Zeug vorlese?“ fragte ich unsicher.

Nunc nickte, und es schien mir tatsächlich nichts anderes übrigzubleiben. Also fing ich nach einem Blick in die Runde meiner seltsamen kleinen Gemeinde an.

Ich hoffe immer wieder, in der Bibel irgendein Gesetz oder Gebot zu finden, daß ich noch nicht gebrochen habe. Bisher bin ich dabei einzigartig erfolglos gewesen. Nach den Definitionen, die Jesus gebrauchte, muß ich zugeben, daß ich jedes einzelne der Zehn Gebote irgendwann in meinem Leben gebrochen habe.

Ich wünschte, im zweiten Buch Mose stünde irgendwo etwas darüber, daß man kein Ätznatron trinken darf oder dergleichen, denn ich kann aufrichtig sagen, daß ich so etwas noch nie getan habe. Ach, gäbe es doch einen Vers, in dem es hieße: „Einwärts und auswärts sollst du atmen, auswärts und einwärts, beides abwechselnd, atmen sollst du, sonst wirst du gewißlich sterben, spricht der Herr." In dieser Hinsicht bin ich tatsächlich immer völlig kompromißlos gewesen; aber wird mir meine standhafte Treue zu dieser Pflicht irgendwelche Punkte bei Gott verschaffen? Natürlich nicht, weil im Buch nichts davon steht. Gott ist so wählerisch!

Heute morgen beschäftigen wir uns mit dem neunten Gebot, wie es im zweiten Buch Mose, Kapitel zwanzig, Vers sechzehn überliefert ist. Während der letzten zwei Monate sind wir die vorausgehenden acht Gebote durchgegangen, so daß wir vielleicht annehmen dürfen, daß hier niemand mehr ein Problem damit hat, den falschen Gott anzubeten, irreführende Bilder anzufertigen, Gottes Namen zu bösen Zwecken zu mißbrauchen, den Sabbat nicht zu heiligen, es am Respekt vor den Eltern mangeln zu lassen und Mord, Ehebruch oder Diebstahl zu begehen. Falls Sie ein neidisches Auge auf die Frau oder den Esel Ihres Nächsten geworfen haben, müssen Sie, fürchte ich, bis nächste Woche warten, wenn Nummer zehn dran ist.

Übrigens, falls Sie eines der Gebote verpaßt haben, ist das überhaupt kein Problem. Die Predigten sind alle auf Band aufgenommen worden. Wenn Sie zum Beispiel Ehebruch begangen haben, kommen Sie einfach zu mir und sagen Sie mir, daß Sie die Predigt über Ehebruch brauchen, und ich werde Ihnen das Band ausleihen. Außerdem werde ich dann, im strengsten Vertrauen und ausschließlich zum Zweck des Gebets, mit ein paar Leuten über Ihr Problem sprechen können, und das bringt uns zum Thema des heutigen Vormittags.

Das neunte Gebot: Du sollst nicht falsch Zeugnis reden wider deinen Nächsten. Oder im weitesten Sinne: Du sollst über eine andere Person nichts sagen, was nicht wahr ist.

„Schön", werden Sie mich jetzt vielleicht fragen wollen, „sagen Sie, David Persimmon, unser gottesfürchtiger Hirte, jemals etwas über andere Leute, das nicht wahr ist?" Nachdem ich über diese Frage ein paar Sekunden lang sorgfältig nachgedacht hatte, erkannte ich, daß die Antwort lautet – Ja, das tue ich. Im zweiten

Buch Mose, Kapitel dreiundzwanzig, Vers eins wird dieses neunte Gebot noch einmal in einer Form überliefert, die gut die Art und Weise zusammenfaßt, in der ich und andere häufig scheitern: Du sollst kein falsches Gerücht verbreiten. Womit nicht gesagt sein soll, daß ein Gerücht unbedingt weniger schädlich ist, wenn es wahr ist.

Ich habe mein ganzes Leben lang damit Schwierigkeiten gehabt, und ich nehme an, daß diejenigen unter uns, deren Ich-Stärke etwa der von verdünntem Kräutertee entspricht, in diesem Bereich immer starken Versuchungen ausgesetzt sein werden. Mir ist bewußt, daß wir Christen uns genauso gern auf jene Stelle im siebenten Kapitel des Römerbriefes berufen (ich tue nicht, was ich will – ich tue, was ich nicht will und so) wie die Yankees auf den fünften Verfassungszusatz, aber es stimmt. Ich will wirklich nicht negativ über andere Leute reden, und mir ist klar, daß meine Motivation, wenn ich es dennoch tue, normalerweise in einer Abwehrhaltung besteht. Wissen Sie, was ich meine? Wenn ich im Lauf eines Gesprächs den Ruf eines anderen schädige, wird mein eigenes Selbstbild dadurch aufgemöbelt. Der andere nimmt ab, und ich nehme sozusagen zu. Armselig, was?

Wohlgemerkt, es ist ebenso wahr, daß ich keine unerhört extravaganten Unwahrheiten über andere Leute erzähle. Ich erzähle nicht überall herum, Stanley Carstairs sei ein KGB-Agent oder Richard Craven arbeite nebenbei als Fotomodell für Netzstrümpfe. Die Sache ist viel subtiler und viel schwieriger zu beherrschen. Eine Zeitlang versuchte ich, der Klatschfalle dadurch zu entgehen, daß ich auf jede negative Bemerkung, die ein anderer machte, mit einer positiven Entgegnung antwortete. Das kann auf Gespräche, die eigentlich auf eine gemütliche Krittelei hinauslaufen sollten, einen ziemlich lähmenden Effekt haben, aber es wirkt. Und es ist notwendig.

Ich erinnere mich an zwei Bemerkungen über zwei verschiedene Leute, die ich zu hören bekam, als ich frisch nach St. Wilfred's kam. Eine Person sagte über eine Dame aus der Gemeinde: „Sie ist die verbittertste Frau, der ich je begegnet bin."

Ein anderer ebenso liebevoller Informant wies mich auf einen

Mit-Anglikaner hin und flüsterte geheimnisvoll: „Nehmen Sie sich vor dem bloß in acht.“

In beiden Fällen wurde meine Meinung über die besagten verderbten Charaktere gefärbt und verzerrt, bevor ich eine Chance hatte, selbst etwas über sie herauszufinden. Nicht nur das, sondern beide überflüssige Informationen erwiesen sich auch noch als vollkommen unzutreffend. Die Frau war entsetzlich unglücklich, aber ganz bestimmt nicht verbittert, und was den Mann betrifft – nun, ich warte immer noch auf das, wovor ich mich in acht nehmen muß.

Aber ich darf nicht richten, denn ich mache es genauso.

Wenn wir an einem Montagmorgen für dreieinhalb Minuten die weniger anziehende Seite eines Menschen gesehen haben, ist es sehr leicht, anzunehmen, daß er während der anderen sechs Tage, dreiundzwanzig Stunden, sechsundfünfzig Minuten und dreißig Sekunden der Woche genauso sein muß, und dieses unser saftiges, wenn auch begrenztes Wissen an jemanden anderes weiterzugeben.

Und dazu gehörten nicht einmal unbedingt Worte, wie wir alle wissen. Ich denke da an ein vertrautes Szenario, in dem ich mit heiterer Harmlosigkeit sage: „Wir haben George kennengelernt – er ist ein prima Kerl, nicht wahr?“

Die Person, zu der ich das gesagt habe, antwortet überhaupt nicht mit Worten, aber um so vielsagender durch ihr bedeutsames Schweigen, ihre hochgezogenen Augenbrauen und ihr demonstratives Vermeiden jeder normalen Reaktion.

„Na, ich könnte Ihnen Geschichten erzählen“, scheint diese Körpersprache zu besagen, „wenn ich jemand wäre, der andere hinter ihrem Rücken kritisiert, aber das bin ich nicht, wie Sie sehen.“

Wie ich schon sagte, ich habe in der Vergangenheit versucht, mit dem Positiven gegen das Negative anzukämpfen, aber ich habe in letzter Zeit nicht allzuviel Erfolg damit gehabt. Hin und wieder gehe ich in das, was ich die „Ganz-unter-uns-neunundzwanzig“-Falle nenne, die noch subtiler und noch verheerender ist als die gute alte Körpersprache.

Die naheliegendste Situation für dieses Phänomen ist ein Abendessen mit Freunden. Wir sind mitten im Hauptgang, der Wein tröpfelt – oder gar fließt – beständig, und das Gespräch verläuft etwa folgendermaßen.

„Ich wüßte gern deine Meinung über etwas", sagte einer meiner Gäste in einem abgeklärten Tonfall.

„Ja?" sage ich, wie immer voller Eifer, die Welt mit meiner Meinung zu beglücken.

„Was denkst du, wie der neue Methodistenprediger mit seiner Aufgabe fertig wird?"

In Rohübersetzung bedeutet das: „Zerreißen wir uns das Maul über Henry Harper, den Neuen bei den Methodisten."

„Ich bete viel für Henry", antworte ich, während ich ein Gesicht aufsetze, das eine Mischung aus reifer Anteilnahme und Bereitschaft zum Mitspielen ausdrückt.

„Oh, ich auch", stimmt mein Gast ein, da er ganz richtig erkennt, daß wir nicht in Ruhe mit unserer Kritisiererei fortfahren können, solange wir nicht klar herausgestellt haben, wie ehrenhaft unsere Absichten sind.

„Warum fragst du?" bohre ich nach, während ich es mir im Geiste schon mal im Klatschsessel bequem mache.

„Nun ja", sagt der Gast, „hör mal – kann ich etwas sagen, ohne daß es durch diese vier Wände nach außen dringt?"

Dies ist die bereits erwähnte „Ganz-unter-uns-neunundzwanzig"-Falle, und jetzt sitze ich natürlich auf der äußersten Stuhlkante. Er wird etwas Schreckliches über Henry erzählen – großartig!

„Also", fährt er fort, „Henry hat eine sehr gute Hand mit den Kindern in seiner Gemeinde."

„Ja, wunderbar!" stimme ich zu.

„Und er hat ein echtes Talent für Organisation."

„Absolut!"

„Nur –"

Mein Gast macht eine Pause, legt die Stirn in Falten und verzerrt das Gesicht, als ob ihn die folgenden Worte die größte persönliche Überwindung kosten.

„Offen gesagt, ich frage mich manchmal, ob der alte Henry überhaupt Christ ist!“

Ich nicke weise.

„Nicht“, fährt er ernst fort, „daß ich das hinter seinem Rücken sage – ich würde es ihm auch ins Gesicht sagen.“

„Natürlich!“ nicke ich eifrig in dem Wissen, daß wir nur dann unsere interessante Diskussion über diesen banalen Mangel in Henrys Dienst befriedigend fortsetzen können, wenn wir uns in dieser krassen Lüge einig sind.

Nach einem Abend wie dem, den ich gerade geschildert habe, fühle ich mich meistens schäbig und beschämt. Ich nehme an, das ist so eine Art moralischer Kater. Wie jemand, der sich am Freitagabend sinnlos betrunken hat, verbringe ich den größten Teil des nächsten Tages damit mir zu schwören, daß ich es nie, nie wieder tun werde. Aber wenn die Versuchung das nächste Mal kommt, ist sie ebenso verlockend und ebenso schwer zu bestehen. Die Zunge ist, wie Jakobus schreibt, wahrscheinlich unser gefährlichster Körperteil. Es ist so leicht, mit ihr Worte hervorzubringen, die wir nie wieder zurücknehmen können.

Eine Bekannte erzählte mir einmal, wie sie mit einer Arbeitskollegin in einem Pub saß und sich in übertriebener Weise über die Kinderbetreuungs-Schicht beklagte, die am Tag zuvor vor ihrer eigenen Schicht dran war.

„Es ist absolut typisch für Teds Schicht“, sagte sie, „daß der Raum in einem totalen Chaos zurückgelassen wurde und die Kinder alle eine Stinklaune hatten. Es macht mich krank!“

„Eigentlich“, sagte ihre Begleiterin, „war es gar nicht Teds Schicht – es war meine.“

„Oh“, sagte meine Bekannte lahm und wurde pupurrot, „na ja, so schlimm war es eigentlich gar nicht . . .“

Krittelei unter Christen ist tödlich. Klatsch und üble Nachrede können schwere Wunden im Leib Christi schlagen, und fast immer gehen sie mit Heuchelei und Richtgeist einher, mit Dingen also, die für die Täter ebenso schlimm sind wie für die Opfer.

Wie steht es nun mit einem berechtigten Vorwurf? Nun, der hat sicherlich seinen Platz, aber er kann ebenso schädlich sein, besonders, wenn nicht Raum für die Möglichkeit einer Veränderung gelassen wurde.

„Ich habe vor dreißig Jahren mit ihm zusammengearbeitet, und ich weiß, was er für einer ist. Ich würde ihm nicht weiter trauen, als ich ihn werfen kann ...“

Menschen verändern sich – sogar ich könnte mich vielleicht ein bißchen verändern. Werden Sie mir zubilligen, anders zu werden? Werde ich Ihnen zubilligen, anders zu werden? Ich weiß, in der Vergangenheit bin ich entweder explodiert oder davongelaufen. Erlauben Sie mir, mich zu verändern? Werden Sie mir *helfen*, mich zu verändern, wenn mir Gott auch dabei hilft?

Ich denke manchmal über die Dienstmagd nach, die hörte, wie Petrus Jesus dreimal verleugnete. Ob sie wohl diese saftige kleine Anekdote während der nächsten paar Jahren, als Petrus immer bekannter wurde, überall herumerzählte?

„Wenn ihr nur wüßtet“, sagte sie vielleicht, „was ich über diesen Mann weiß. Wenn ihr gesehen und gehört hättet, was ich gesehen und gehört habe, dann fändet ihr ihn nicht mehr so toll.“

War sie dabei, als er sich aus Ehrerbietung für den Mann, den er einst verraten hatte, mit dem Kopf nach unten kreuzigen ließ? Ich wette, das verschloß ihr den Mund. Und das ist vielleicht auch die richtige Reaktion auf die Herausforderung dieses unbequemen neunten Gebots. Ich bitte Gott jeden Tag, mir zu helfen, meinen Mund zu halten, falls ich nicht etwas Gutes oder Nützliches zu sagen habe. Manchmal versage ich, aber ich höre nicht auf, zu beten und es immer wieder zu versuchen. Wollen Sie sich mir nicht anschließen? Amen.

4

In der Pause, die auf dieses bahnbrechende Stück geistlicher Unterweisung folgte, war ich ein wenig verlegen, aber die Reaktion war eigentlich sehr gut. Nunc nickte und sagte, immer noch mit ganz dünner Stimme: „Ja, wir müssen einander lieben, das ist das Wichtigste und Schwierigste."

Dot sagte: „Bravo, David, wir brauchen solche Predigten wirklich ebenso sehr wie die andere Art."

So etwas bekomme ich ständig über meine Predigten zu hören. Die „andere Art" von Predigten sind vermutlich die gelehrten, tiefschürfenden, exegetischen Botschaften. Solche Predigten können großartig sein, wenn man sie beherrscht, aber ich beherrsche sie nicht.

„Nicht schlecht, Dave", sagte Dick, „nur – wir beide werden uns etwas anderes einfallen lassen müssen, worüber wir uns unterhalten, wenn wir zusammen essen gehen, nicht wahr? Ist wahrscheinlich auch besser so. Edna wäre sicherlich dieser Ansicht."

„Was hat Nunc damit gemeint, als er sagte, daß er Pfarrer Persimmons Predigt nicht zweimal hören würde?"

Hartley hatte vermutlich während meines gesamten Vortrags an dieser Frage herumgekaut. Jetzt, da die Implikationen von Nuncs Aussage ihm klar zu werden begannen, sah er tief betrübt aus. Und betrübt waren wir anderen ebenso. Es war Dick, der es für uns in Worte faßte.

„Wirst du uns verlassen, Nunc – ist es das, was du meintest?"

„Ich werde nach Hause gerufen", sagte Nunc, dessen Stimme vor Trauer und noch etwas anderem schwach klang. „Wenn ich nicht gehe, werde ich verhungern . . ."

Wieder fingen Dick, Dot und ich alle gleichzeitig zu reden an. Dann verstummten wir einer nach dem anderen und blickten zu Hartley in seinem Bischofsstuhl hinüber. Er gab gar keinen Laut von sich, sondern saß nur sehr aufrecht da und preßte die Hände flach gegen seine Augen, als ob er glaubte, wenn er die Tränen drinnen hielte, würde auch die Trauer nicht herauskommen. Seine Worte kamen hinter seinen Händen hervor.

„Ich will nicht, daß du gehst, Nunc. Bitte bleib."

„Ich kann nicht bleiben", sagte Nunc, „aber ich werde euch alle wiedersehen. Ich werde dich sehen, Dot, und du wirst sehr glücklich sein. Ich werde dich sehen, Richard, und du wirst Gewißheit erlangt haben. Ich werde dich sehen, David, und du wirst Frieden mit dir selbst gefunden haben."

Er glitt von seinem Sitz herab und legte Hartley sanft eine Hand auf die Schulter. Hartley nahm seine Hände vom Gesicht und sah seinen kleinen Freund an. Sein armes altes Gesicht war ein Urbild der Traurigkeit.

„Hartley", sagte Nunc, „Ich wünschte, du könntest mit mir kommen, aber du kannst nicht. Ich werde dich aber wiedersehen, und du wirst fast ganz genauso sein, wie du jetzt bist."

Er ließ seine Hand für einen Moment auf Hartleys Schulter liegen, bevor er sich wieder an uns alle wendete.

„Ich frage mich, ob ihr alle so freundlich wäret, mit mir an einen rechten Ort zu kommen, um Lebewohl zu sagen."

„Wir werden mit dir überall hingehen, wo immer du willst, Nunc", sagte Dot mit leicht belegter Stimme. „Es kommt so plötzlich . . ."

„Okay, Nunc", sagte Dick, der sich cool und pragmatisch gab, „wo sollen wir hingehen?" Er stand auf und fuhr sich mit den Händen über die Kleidung.

Auch ich stand auf und fragte mich, was dieser „rechte Ort" wohl sein mochte. Plötzlich hatte ich schreckliche Angst vor der Kälte.

„Auf den Turm", sagte Nunc, „können wir auf den Turm steigen? Das ist der rechte Ort, um Lebewohl zu sagen."

Dick und ich sahen uns an. Ich wußte, daß wir beide dasselbe dachten. Dot hatte wegen ihrer Arthritis nicht die geringste Chance, es bis oben auf den Turm zu schaffen. Offensichtlich erkannte Dot das ebenfalls.

„Lieber Nunc", sagte sie, „du und ich, wir werden uns hier verabschieden müssen, und dann werden die anderen mit dir auf den

Turm steigen. Ich fürchte, meine dummen alten Gelenke werden mich einfach nicht all diese Stufen hinauftragen."

Nunc sah regelrecht verwirrt aus.

„Aber es ist der *rechte* Ort", sagte er mit einem Nachdruck, den ich überhaupt nicht verstand. Dot verstand ihn auch nicht.

„Ich würde so gerne tun, was du willst", protestierte sie den Tränen nahe, „aber ich habe Arthritis. Ich kann diese Stufen nicht hinaufsteigen, Nunc!"

„Aber David ist hier", antwortete Nunc, „und du bist seit fünfzig Jahren eine Bibelschwingerin, Dot. Und", wiederholte er, „es ist der *rechte* Ort."

Bei Dot fiel plötzlich der Groschen. Sie wandte sich zu mir, und in ihren Augen leuchtete Hoffnung auf. „David", sagte sie, „bitte beten Sie um meine Heilung – jetzt – bitte . . ."

Ich hoffe, es gibt keine besondere Hölle für alberne Pfarrer. Nicht, daß ich mich besonders albern gefühlt hätte. Ich fühlte mich voll Angst und absolut kleingläubig. Noch nie in meinem Leben hatte ich jemandem zur Heilung die Hände aufgelegt, und obwohl ich in einem allgemeinen Sinne glaubte, daß Gott heilen konnte, hatte ich es noch nie mit eigenen Augen geschehen sehen. Ich bin sicher, daß ich kalkweiß wurde.

„Wir haben nur jeden neunten Sonntag im Monat Heilungsgottesdienste."

Das waren die Worte, die aus meinem Mund hervorquäkten. Aber Dot ließ es mir nicht durchgehen.

„David Persimmon", herrschte sie mich an, „ich werde auf diesen Turm steigen, und Sie werden mit Gott kooperieren, um das möglich zu machen. Hartley, stehen Sie von diesem Stuhl auf und lassen Sie mich darauf sitzen. Vielen Dank. So! Ich bin bereit."

„Komm schon, Dave", sagte Dick, „wir legen ihr alle die Hände auf, und du betest."

Als wir uns um Dots sitzende Gestalt scharten, drangen zwei Dinge in mein Bewußtsein. Erstens spielte Nunc mal wieder Laterne. Das gab mir ein wenig Zutrauen. Zweitens sah ich, als ich Dick anschaute, daß hinter seinen Augen irgendeine Schlacht ausgefochten wurde, und mir wurde klar, wie schwer es ihm fallen mußte, aufrichtig nach Heilung für Dot zu verlangen, wo doch seine Schwester niemals Erleichterung von ihrem Leiden gefunden hatte. Hartley murmelte ganz leise etwas vor sich hin, als er mit geschlossenen Augen hinter Dots Stuhl stand und seine Hand leicht auf ihren Rücken legte. Ich schluckte schwer, legte beide Hände auf Dots Kopf, und zwang ein paar Worte aus meinem Mund hervor.

„Gott, unser Vater, wir alle lieben Dot.“ Ich hielt inne, angestrengt bemüht, nichts zu sagen, das nicht wahr wäre. „Du liebst sie auch. Wir alle wünschen uns, daß sie von dieser schrecklichen Arthritis geheilt wird, und wir glauben, daß du es dir noch mehr wünschst als wir. Also – na ja, warum eigentlich nicht? Im Namen Jesu bitten wir dich, daß du die Arthritis fortnimmst. Wir haben keinen sehr starken Glauben – ich zumindest nicht –, und deshalb brauchen wir Verstärkung für das, was wir haben. Bitte mach sie wieder gesund, um Jesu willen, Amen.“

Eine kleine Weile blieben wir, wo wir waren, dann traten wir zurück und sahen Dot an. Sie öffnete ihre Augen weit und lächelte heiter.

„Was ist“, sagte sie, „steigen wir jetzt auf diesen Turm oder nicht?“

„Geht es Ihnen besser?“ Hartley stellte die Frage, die uns allen auf der Zunge lag.

„Das sage ich euch in einer Minute“, antwortete Dot. „Kommt schon, wir sollten uns lieber an den Aufstieg machen . . .“

Oben auf dem Turm war das Wetter schauderhaft. Heftige Windböen schleuderten uns stechende, feine Regentropfen ins Gesicht, als wir uns auf dem flachen Dach versammelten und Arm in Arm einen Kreis bildeten. Über uns ballten sich schwere, schwarze Wolken zusammen, voller Enttäuschung darüber, daß wir freiwillig dem Unwetter trotzten. Ich leuchtete mit der Taschenlampe, die ich aus der Sakristei mitgebracht hatte, in die Gesichter meiner Freunde. Dot strahlte und jubelte wie ein kleines Mädchen im Schein der Lampe. Die Stufen waren kein Problem für sie gewesen. Der Wind schien nur noch mehr Leben und Kraft in sie hineinzupeitschen.

Neben Dot stand Dick Craven und starrte hinaus in die Dunkelheit, die Zähne gegen die Nässe und den Wind zusammengebissen. Tragik, Entschlossenheit, die Anfänge von etwas Neuem – das glaubte ich in seinem Gesicht zu sehen.

Hartley weinte hemmungslos. Den ganzen Weg die Stufen hinauf hatte er sich hinter Dot gehalten, um helfen zu können, falls irgend etwas schiefging. Kurz unter der Plattform hatte ich ihn aufgeregt sagen hören: „Er hat es *getan*, Dot!" Jetzt konnte er nur noch daran denken, daß er Nunc verlieren würde, und das brachte ihn zum Weinen.

Ich weiß nicht, wie ich aussah. Ich fühlte mich wunderbar. Eine Frau war geheilt worden, als ich für sie betete. Ich mußte doch zu etwas zu gebrauchen sein! Ich hätte meine Begeisterung über die Balustrade des Turms hinausschreien und die ganze Stadt aufwekken können, um ihr zu verkünden, daß Gott Dinge *tut*.

In unserer Mitte, durch unsere Körper vor den schlimmsten Einwirkungen des Sturms geschützt, stand Nunc, von dem jetzt nur noch die schwache Ahnung eines Lichts ausging. Als er sprach, war seine Stimme so klar und scharf wie eh und je.

„Lebewohl, David."

„Danke, daß du bei uns warst, Nunc."

„Lebewohl, Dot. Danke, daß du mich getröstet hast."

„Lieber Nunc."

„Lebewohl, Richard."

„Lebewohl, Nunc – danke."

„Lebewohl, Hartley, sorge gut für deine Kirche."

„Lebewohl", schluchzte Hartley, „lebewohl, Nunc . . ."

„Würdet ihr mich bitte alle gleichzeitig umarmen?" bat Nunc. Gehorsam rückten wir alle einwärts zusammen, um unsere Arme um ihn zu legen, aber als wir uns in der Mitte trafen, merkten wir plötzlich, daß er weg war und daß wir statt eines Außerirdischen uns gegenseitig umarmten.

Postscriptum

Zwei Wochen bevor Nunc uns verließ, verbrachten er und ich eines Abends eine Stunde zusammen, nur um ein bißchen entspannt zu klönen. Er hörte hauptsächlich zu, und ich gab den größten Nonsens über alles Mögliche von mir, einschließlich des Gebetbuchs. Ich erzählte ihm von Mr. und Mrs. Gesima und ihren vier Töchtern Septua, Sexa, Quinqua und Quadra. Er fragte mich, was mit einer „Tafel beweglicher Feste" gemeint sei, und ich sagte, das sei so etwas Ähnliches wie ein gemischtes Büffet, aber er verstand nicht, wovon ich redete, so daß ich wünschte, ich hätte nichts gesagt. Ach, und ich erzählte ihm von dem Familiengottesdienst, in dem Nick und Sue Sauberhals ihre Arme hoben und der kleine Adam Thornton laut vernehmlich sagte: „Warum ergeben sich die beiden Leute da dem Pfarrer, Mama?"

Nachdem ich fast eine Stunde lang solchermaßen herumgealbert hatte, fiel mir nichts mehr ein, worauf Nunc einen seiner berühmten und beunruhigenden, kindlich-mystischen Themenwechsel vollzog und fragte: „Was möchtest du mich fragen, David?"

„Du hast uns nie erzählt, wer du bist oder woher du kommst", platzte ich heraus. „Es macht nichts, wenn du das nicht kannst – oder willst – ich dachte nur, du könntest mir vielleicht einen Hinweis geben oder einen Tip oder . . . irgend etwas", schloß ich unsicher.

Nunc sah mich wohl fast eine Minute lang mit seinen großen, leuchtenden Augen an, dann legte er den Kopf schief und zog nachdenklich die Nase kraus.

„Als einer meiner Brüder unter euch war – es ist erst vier oder fünf Jahre her", fügte er hinzu, als er den überraschten Ausdruck auf meinem Gesicht sah, „hat jemand etwas über ihn geschrieben. Er sah ganz anders aus als ich, weil seine Aufgabe eine ganz andere war, und es steht mir nicht zu, zu sagen, daß die Dinge, die diese Person geschrieben hat, richtig sind, aber sie geben dir vielleicht einen Hinweis."

„Aber wie kannst du –?"

Nunc hob eine Hand, und ich verstummte.

„Ich verspreche dir, am Morgen, nachdem ich euch verlasse, wirst du eine Kopie dieses Schriftstücks finden, aber heute darf ich nicht weiter darüber sprechen."

Am Morgen nach Nuncs Fortgang ging ich hinüber in die Kirche, weil ich mich ein bißchen trübsinnig und Nunc-los fühlte. Drinnen war es kalt und still, nur ein Hauch von etwas Warmem und Wunderbarem ging durch die Luft. Ich wollte schon wieder gehen, als ich ein Blatt Papier bemerkte, daß auf der obersten Altarstufe lag. Ich setzte mich auf die Stufe, überflog die saubere Handschrift, die das Blatt bedeckte, und erkannte beim Lesen, daß Nunc sein Versprechen gehalten hatte.

Achtzehn Uhr, der Himmel spannte
Sich herbstlich grau und glänzend über mir.
Die Sonne, eine glühende Orange,
Rollte an dem weiten Horizont entlang.
Wo ich herkam, weiß ich nicht mehr,
Er war nur eine schäbige Gestalt am Wegrand nahe meinem Haus.
Ich stieg aus und stand noch eine Weile, genoß das traurig-sanfte Sterben des Oktoberlichts.
Dann drehte ich mich um, ging auf den Fremden zu
Weiß nicht warum
Nur daß ich im Vorbeifahrn etwas Warmes, Eigentümliches in seinen Augen sah
Als ich ihn fragte, wo er hinwill, sagte er nur lächelnd: „Ach, mein Freund,
Ich glaube nicht, daß ich das weiß,
Doch das ist kein Grund, nicht zu gehen, falls du mich nicht brauchst."
„Komm, iß mit mir", sprach ich, „und bleib ein wenig,

Das Essen reicht für zwei, und auf dem Sofa schläft sich's gut."
Er sagte: „Gut", wir gingen 'rein, ich machte Licht und schenkte Gläser voll mit Wein
Wir redeten, und bald schon brach eine verwaiste Hoffnung durch die Mauer
Und Tränen netzten jedes meiner Worte, die ich stockend sprach.

Wie uns die Finsternis umringte
Wie ein enttäuschter Feind.
Sie lauerte und harrte hungrig,
Füllte den Raum hinter dem Lampenschein,
Wir waren sicher in dem Lichtkreis.
Und der Wein war mehr als Nektar, blutrot in der Glut des Feuers
Etwas an der Art, wie er das Brot berührte, schien mich an etwas Ungreifbares zu erinnern,
Und dann schien ein Segen lächelnd
Herabzufallen
Und ein kleines Wunder zu bewirken, mein Herz entspannte sich. Ich hörte ein Geräusch
Meine eig'ne Stimme, lebendig vor erwachter Leidenschaft, voll namenloser Sehnsucht
Wie ein lang verlaßnes Kind
Das nicht mehr wild durch wüste Orte streunen will.
„Wo wohnst du?" fragte ich. „Vielleicht werd ich dich irgendwann
Besuchen." Wie Kohlen glühten seine Augen. „Ja, das hoffe ich", sagte er flüsternd.
Wir sagten gute Nacht, er schlief, ich ging hinaus, die Luft war kalt und klar
Ich blickte auf, und einen ewigen Moment lang
Spürte ich Heimweh, doch nach einem Ort, den ich noch niemals sah.

Später, als der Tag schon anbrach,
Später, als der Tag begann,
Als ich mit einem seltsam traurigen Gefühl erwachte
Den Morgen grau und silbrig fand
Beeilte ich mich, aufzustehn, mich anzuziehn
Und rannte fast zur Treppe, voll Hoffnung, daß mein Freund noch da sei.
Doch weit entfernt in meinem Geist schien ich das Wellenseufzen eines ruhelosen Ozeans zu hören
Ein Klang wie von dem Schlag riesiger Flügel.
Unten fand ich
Die Decken und die Kissen ordentlich gestapelt, und zuviel Geld lag neben meiner Tür.
Ich rief ihm durch die Tür noch nach, doch wußte ich, er war gegangen
Ein tiefes Schweigen herrschte
Und das Land ringsum war kalt und leer.
„Nur einen Tag noch", sagte ich, „hätt' er doch bleiben können.
Ach, daß er mich so bald verließ, mit tausend Fragen, die ich stellen wollte."
Ich schloß die Tür; das Feuer drinnen war erloschen, doch in der stillen Luft
Liebkoste eine kaum spürbare Wärme diesen herbstlich-kühlen Morgen
Sie glühte, liebte und verweilte sanft.

Und die Worte, die er sagte,
War'n so liebevoll und licht,
Daß der Schmerz in meinem Innern
Floh vor seinem Angesicht.
Ihr mögt mich für irre halten,
Es mag sein, daß ihr nur lacht,
Doch ich glaub', ein Engel wohnte
Bei mir in dieser Nacht.

Adrian Plass

Tagebuch eines frommen Chaoten

Pb., 160 S., mit Zeichnungen und Lesezeichen.
ISBN 3-87067-391-5

Ein liebenswertes, rotzfreches, maßlos übertreibendes, rabenschwarzhumoriges Tagebuch eines frommen Chaoten? Oder doch eher ein zwischen den Zeilen versteckter geistlicher Ratgeber mit Tiefgang?
Die Personen der Handlung: Adrian Plass, 37¾ Jahre alt; verheiratet mit Anne, der leidgeprüft-listigen Ehefrau und Mutter von Gerald, dem leicht anarchisch-spätpubertären Teenager-Sohn der Familie. Mit von der Partie: der wunderliche Leonard Thynn, die Flushpools und jede Menge weitere mehr oder weniger schrullige Gemeindetypen.

Andromedas Briefe

Pb., 176 S., mit Zeichnungen und Lesezeichen.
ISBN 3-87067-445-8

Die achtjährige Jungfeministin Andromeda hat sich bei dem Versuch, gleichzeitig Müsli zu essen und Rollschuh zu laufen, ein Bein gebrochen. Nun hält diese Göre vom Krankenlager aus Gott, die Welt und die Kirchengemeinde des frommen Chaoten in Trab.

Brendow Buch Kunst Verlag

Adrian Plass

Die steile Himmelsleiter

Pb., 220 S., mit Lesezeichen.

ISBN 3-87067-462-8

Adrian Plass erzählt seine eigene Lebensgeschichte mit unwiderstehlichem Humor und entwaffnender Ehrlichkeit. Bekannt als Fernsehmoderator einer beliebten religiösen Sendung und als vorbildlicher Christ trifft ihn eine schwere psychische Krise mit Ängsten, Zwangsgedanken und inneren Qualen und erschüttert sein »Erfolgs-Christentum«.
Er vermittelt nicht nur ungeschönt seine persönliche Geschichte, sondern tröstet und ermutigt den Leser, nach einem authentischen Christentum aus »erster Hand« zu fragen.

Ansichten aus Wolkenkuckucksheim

Pb., 192 S., mit Zeichnungen und Lesezeichen.

ISBN 3-87067-475-X

Wer hat sie noch niemals sehnsüchtig angestarrt, die bunten wabbeligen Springburgen, Luftkissen oder Trampoline, die scheinbar nur den unbeschwerten Kindern vorbehalten sind?
Wer es wagt zu springen, kann die Dinge des Lebens (insbesondere des Christenlebens) aus einem anderen Blickwinkel, vielleicht auch einem höheren Standpunkt, betrachten. So beschreibt Adrian mit gewohntem Witz das Auf und Ab des Christen, das (wie auf der unberechenbaren Springburg) zu größten Teilen aus dem Sichwiederaufrappeln besteht . . .

Brendow Buch Kunst Verlag